V
"This is a common maid skill."
The supermaid has got time to go on a journey by being falsely accused.
三上康明
Illustration
キンタ
メイドなら当然です。
濡れ衣を
着せられた
万能メイドさんは
旅に出ることに
しました

ニナの旅行記

わたしのメイドとしてのお仕事の作法は
ヴァシリアーチ師匠に教えてもらったのですが、
そんな師匠が幽々夜国という国でわたしを待っているというのです。
わたしたちがいたユピテル帝国はとても広くて、
何日も掛けて幽々夜国を目指しましたが、その途中で
アストリッドさんはご両親の遺した設計図に出会うことができました。
設計図を見つめるアストリッドさんの、切なそうで、
でもお優しいお顔を見るに、きっとすばらしいご両親だったのだろうと
わたしも胸が熱くなりました。
それから、なんと商人のファースさんと、
五賢人のミリアド様がわたしたちの旅に同行されることになりました。
ファースさんはユピテル帝国とそのお隣にある
ライテンシュタール国内までということでしたが、
ミリアド様はさらに先にあるノストまでついてきてくださるとのこと。
とても心強くも感じますが、恐れ多くもあります……。ミリアド様、
ご多忙でいらっしゃるはずなのに、ほ、ほんとうにいいのでしょうか……？
ミリアド様は、あまり感情をお見せにならない方ですが、
ダンジョンを発見したときはとても楽しそうにしていらっしゃいました。
ぴかぴかに光るコップのようなものを手に入れて
とても満足されたようでした。
ファースさんは、「メイドがいない国」ライテンシュタールで
わたしのためにいろいろと骨を折ってくださって感謝してもしきれません。
これからわたしたちは「独裁国家」と言われるノストへと入りますが、
いったいどんな国なのでしょうか？ わたしが唯一知っているのは、
ノストのお料理がとても美味しいということ！
アストリッドさんとエミリさんは
お酒とノスト料理をとても楽しみにしていて、
ティエンさんはニオイが強すぎなければいいなとすこしだけ不安なご様子。
わたしもいっぱいノスト料理をいただいて、お料理の腕を磨きたいです！

●これまでの旅程
ユピテル帝国首都近郊都市「ブリッツガード」→
避暑地「ウェストハイランド」→国境の街「ボーダーガード」→
小国「ライテンシュタール」

c h a r a c t e r

エミリ

魔導士の少女。
いつまでも見習いレベルの魔法しか使えないため、
「永久ルーキー」とあだ名をつけられていたが、
ニナのおかげで『第5位階』の
魔法を使いこなす一流魔導士となる。

ニナ

冤罪により屋敷を追い出されたことをきっかけに、
旅をしているメイドの少女。
一見地味な女の子だが、
その実どんな仕事も完璧にこなすスーパーメイドさん。
「メイドなら当然です」が口癖。

ティエン

少数民族「月狼族」の少女。
働く街の食事が合わず、
常に空腹で力が出なかったが、
ニナが原因を解明したことで本来の力を取り戻し、
両親を捜すためにニナの旅に同行する。

アストリッド

女性発明家。
発明のための実験が上手くいかず
燻っていたが、
ニナのアドバイスにより
世界を変えるような大発明に成功する。

contents

プロローグ　メイドさん一行、独裁者の治める国に入る

こうしてまじまじ見てると、ティエンってまつげも長いし目もぱっちりしてるし、美少女要素は満たしてるのよねぇ……髪もニナが手入れをするようになったからボサボサじゃなくなって艶《つや》も出てきたしさ——。

とかそんなことを考えていたのは、赤髪の魔導士エミリだった。

揺れる馬車、エミリが見つめているティエン——月狼族の少女はじっとアゴに手を当てて「うむむ……」と唸っている。

「エミリ。もう一度問題を言って欲しいのです」

「はいはい。『荷物を載せた馬車が山道で急カーブに差し掛かったとき、なにかを落としました。落としたのはなに？』」

「馬車には荷物が載っているんだよね？」

「そうよ」

「落としたのは……肉や野菜じゃないんだよね？」

「まあ、そうね」

「魚や果物でもないんだよね？」

「うん」

「薪や、調味料や、武器や防具でもないんだよね？」

「もちろん」

「じゃあなにが馬車から落ちたのですか！」

「それを言ったら問題にならないじゃない」

「うむむ……」

ティエンがもう一度唸り始めた。

そう――ふたりがやっていたのは「なぞなぞ」だった。出題するのはエミリで、答えるのはティエン。ちょうど馬車に乗っていることだし、ヒマだし、と始めたことである。

ちなみにふたりは馬車の御者台に並んで座っている。

「よくやるねぇ……この問題が始まってから30分くらい経つじゃないか」

「ティエンさんは『絶対に答えを言わないで』とおっしゃいますし、エミリさんも楽しそうだし、いいのではないでしょうか」

同じ馬車で、隣でその様子を見ていたのはもちろんメイドのニナと、発明家のアストリッドである。

「それはそうと――今日中には着くんだろうね」

いまだになぞなぞに夢中なふたりは放っておいて、アストリッドはニナにたずねる。

「はい、おそらく。ノストに入国してから最初の街までこれほど遠いとは……」

「ノストは大陸でも上位の大国だからねえ。とにかく国土が広いんだよ」

ニナたち「メイドさん」一行は、ニナの師匠であるヴァシリアーチを追ってノストへと入国していた。このノストという国は「独裁国家」と言われるような国であり、「どんなところなのでしょう」とニナもすこし緊張していたのだが、実際に入国してみると特に他の国と変わらなかった――いやむしろ、ちょっとのんびりしているような空気を国境では感じた。

師匠ヴァシリアーチは、ノストの内部に飛び地のように存在している幽々夜国《ゆうゆうやこく》にいる。そのためにはどうしてもノストを通らなければならなかった。

「……わたしの師匠が、すみません……。まさかこんなに遠いとは」

「いいっていいって、これってまさに旅の醍醐味って感じがしない？　ユピテル帝国では思いがけず両親の設計図も見られたし……」

ユピテル帝国も大きく、何日も掛けてそこを抜け、ライテンシュタールという小国を通り、ようやくノストに入国したというわけだった。

「旅に出るなんて……私がひとりでいたときには考えもしなかったよ。ほんとうに、いい勉強になってる」

「アストリッドさんはすごいですね。いつでも新しいものを吸収しようとしてらっしゃいます」

「ニナくんに『すごい』なんて言われるとむずがゆいけどね。ニナくんのすごさを知っている身からすると」

「わたしなんてそんな、まだまだです」

両手を振って恐縮するニナに、

「謙遜《けんそん》じゃなく君は本気で『まだまだ』って思ってるから怖いよ」

「こ、怖い!?」

「おや、あれが街じゃないかな?」

アストリッドが、エミリとティエンのいる御者台の向こうを見ると、遠目に街を囲う城壁が見えてきた。

ほう、とアストリッドは思った。

旅を始めてから多くの街を見てきたけれど、その街のひとつひとつが違う顔を見せている。このノストに入ってから最初の街はこれまでの街ともまた違っていた。

城壁は低く、不ぞろいの石が積み上げられているのだが、ずいぶんとはるかな年月が経っているのだろう、往来がある城門付近の石は丸みを帯びていた。何十万、何百万という人が過去に触れたのだろうか。

城壁に至るまでの道は舗装もされていないのだけれど、くぐった先は石畳の大通りだ。それがまた見事な石畳である。真四角に切り出された石が隙間なく敷き詰められていた。

大通りの左右は3階建ての木造建築物が並んでいるが、その向こうは平屋のようだ。屋根は瓦で葺《ふ》いてあり、軒下には提灯と、組紐による飾りがぶら下がっていた。建物は歴史を感じさせる古さなのに、朱色に塗られた提灯は真新しくて、真鍮《しんちゅう》の留め金が金色に輝いていた。

「――東6州から仕入れたフナだよ～。煮て食うならコイツがいちばんだ」

「――まんじゅう食っていきな！　腹が減ったらここ！　鴎加羅堂《おうからどう》のまんじゅうをどうぞ！」

「――穴の空いた鍋、切れない包丁、なんでも直すよぉ」

「――はいよ、ひとりだね。ちゃちゃっと髪切っちゃおうねえ」

左右に並ぶ露店から威勢のいい声が聞こえ、食べ物を扱う店さらには占い師、修理屋、床屋、鳥かごを見せ合う者と様々だった。

彼らの服装はライテンシュタールとも違っていて、着流しのようなものを羽織り、その柄も色も様々だった。下はズボンだったがこちらは一様に真っ黒である。女性は派手なスカーフを巻くか、髪飾りをつけていて、男性はシンプルな短髪（角刈り）と、煙管《キセル》をくわえている人が多い。

人種は多様だ。ライテンシュタールのように白い肌を持つヒト種族もいれば、褐色肌に鼻の高いヒト種族、エルフの血を引くのであろう長い耳、うっすらと毛皮をまとう獣人種。

「おーっ、異国に来たって感じがするわね～」

御者台でエミリが言っているが、まさにアストリッドも同じことを考えていた。街の景色が違い、そこを行き交う人も違う。だけでなく、漂うニオイも全然違った。

「すんすん……これは八角でしょうか。それに熱した唐辛子のニオイもしますね」

アストリッドの隣では凄腕メイドが鼻を動かしている。

「………………」

難しい顔をしていたのはティエンだった。

「……宝箱なのです」

唐突なその言葉に、アストリッドも、ニナも、エミリも、

「？」

という顔でティエンを見た。

「カーブで馬車から落ちたのは宝箱なのです！　チィはうっかりしていました。エミリは冒険者だから、きっと馬車には宝箱を積んでいた。これが正解なのです！」

全員が沈黙してしまった。

ティエンはひとり――さっきのなぞなぞの答えを考えていたらしい。

「あ……えっと」

「そうだよね、エミリ！」

きらきらした目で見つめられたエミリは、いい加減「カーブに差し掛かった馬車が落としたのはスピードよ」と教えてやらなきゃと思ったのだが、

「……せ、正解」

あんまり純真無垢なティエンを悲しませることはできなかった。

「やったのです！　ニナ！　アストリッド！」

「はい。すばらしいですね、ティエンさん」

「うんうん。ティエンくんはエミリくんを超えたよ」

聞いていたふたりもぱちぱちぱちぱちと手を鳴らしている――と、

「エミリ、停めて！」

ティエンがハッとして手綱を握っているエミリに言った。

「え……わっ!?」

あわててエミリも馬車を停めたのだが、それもそのはず、前の馬車が停まっていたからだ。

ニナたちの馬車と比べると明らかに大きく、豪華かつ頑丈な造りの馬車は、足が6本ある特殊な馬――モンスターの一種――が牽《ひ》いている。

「――ミリアド様になにかあったのかしら」

馬車の持ち主であり、唯一の乗員であるミリアドはこの大陸でも最高峰の頭脳を持つ「五賢人」のひとりだ。「魔塔」という、魔導士が集まって魔法や魔術の研究をしている機関のトップであり、ニナたちの旅に同行している。

当然、世界的な重要人物《VIP》だから、エミリが馬を停めると4人はすぐに馬車を降りて前へと向かった。

「――何者だ、お前たちは」

すると――巨大馬車の御者台にいたミリアドは不愉快そうに前を見ていた。

フードを目深にかぶっているが、切れ長の鋭い瞳は見えている。御者台には何冊もの本が散らばっており、移動がてら読んでいたことがわかる――この人は乗り物酔いしないのだろうかとアストリッドはそんなことを思った。

ミリアドの視線の先には、通りを塞ぐように正座している100人ほどの人々がいた。先頭のひとりは男性で、他の市民と同じような格好ながら明らかに手の込んだ布を使っており、頭には帽子のような、冠のような、紫色の布で作られたものを載せていた。

「『五賢人』のミリアド様であるとお見受けし、拝謁申し上げます！　小生はこの東1州右筆《ゆうひつ》の石《せき》苑《えん》と申します」

頭を垂れ、袖と袖を合わせた両手を額の前に掲げた男が口上を述べる。

ちなみに100人全員が同じ格好をしている。

「右筆……この州の統括者か。そのような者が国境付近の街でなにをしている」

ミリアドの言うとおり「右筆」とはこの州の長官であり、県知事のような立場だった。ただし、ノストでは選挙によって右筆が選ばれるのではなく、中央からの命令によって着任する。

右筆、と聞いた往来の人々はざわざわし始める。いや、通りを塞ぐほど大量の人が正座しているのだ、騒ぎにならないほうがおかしい。

「不肖、この石苑がミリアド様を中央府へお連れしたく」

「必要ない」

「中央府にて我らが天子たる『真円女君《しんえんじょくん》』もミリアド様をお待ちしておりますゆえ」

「必要ないと言った。大体――何者だ、お前の背後にいる者どもは」

ミリアドがさらに不愉快そうに言ったのは、石苑右筆のすぐ後ろにいる20人ほどは少女ばかりだったからだ。年の頃は10から20くらいだろうか、髪も肌も手入れがされていて、化粧まで施されていた。「色仕掛けをします」と言われていると感じてもおかしくはない。

さらにその背後にいる80人は武装兵であり、これは右筆の護衛だろう――あるいはミリアドの護衛でもある。それだけに少女たちの存在が際立っている。

「ミリアド様、本年より次なる真円女君の選定の儀が始まります」

「……ほう？」

ミリアドはぴくりと眉を上げた。すこし、関心を持ったらしい。

後になってニナたちが聞いたことには、「真円女君」とはまさにこの「独裁国家ノスト」の「独裁者」であるという。さらに言うと真円女君は「必ず女性」であり、「処女」であり、次の真円女君が選ばれるまで結婚も出産もできない。

「ついに代わるか……今代の真円女君は長かったな。13年は在位していたか」

「まさしく本年で13年目の在位であらせられます」

「ふうむ。ということは、そこの少女たちは選定の儀に向かうのだな？」

「はい」

20人の少女は、次期独裁者の候補だった。

この20人で全部ではなく、候補者は全国から集められている。

「すなわち東1州右筆よ、魔塔の主にして『五賢人』がひとりであるこの私を、選定の儀に一枚噛ませようというのだな？」

「恐れ入ります」

「東1州でこれということは、2州3州と中央府に向かっても、あるいは北1州に向かったとて、同じように右筆がやってきてこの私を中央府に誘うことになろうな」

「おそらく」

頭を下げたままであるというのに悪びれもなく石苑は言う。「これからこの国の一大行事があるからお前も来い。ここで断ってもいいが、どこに行っても誘われるぞ」と言っているのだから、なかなか図太い。

「石苑とやら」

「はっ」

「案内を任せる」

「ははっ」

明らかに、声に喜びが混じって石苑は返事をした。

「だが、条件がある」

「……条件？」

石苑の不安そうな声を聞いたミリアドは、

「ああ、条件だ。なに、たいしたことではない」

馬車の横にいるニナたちを見たのだった。

第1章　独裁者の候補者は、うら若き少女たちでした

ノストのトップである真円女君がいるのは「中央府」であり、ライテンシュタールに接しているのは「東1州」という。このノストは大まかな地名は非常にわかりやすく、中央府から見て「東1州」から「東7州」まであり、「西1州」から「西7州」、「北1州」から「北6州」、「南1州」から「南6州」と地域が分割されている。中央府がひとつと26の州がある。

東1州はライテンシュタールとの国境を接している、いちばん外側の州だった。

「この道、めちゃめちゃ整ってるわね」

国内に入ると、街道も石畳だった。おかげで馬車の揺れはほとんどない。

さすがに、ところどころ途切れたり、割れた石畳もあったりするのだが、それでも街から街をつなぐ街道を石畳で整備している国なんて今までなかった。

街を離れると荒れた大地が広がっているが、そこを1本貫く街道が走っているのはどこかウソみたいな光景だった。

「すごいね。いったいどれくらい掛かったんだろう……お金も、人手も」

今日はアストリッドが御者台でエミリの隣に座っており、ティエンはニナに膝枕をしてもらいな

がらお昼寝中だ。

　10月になり日々気温が下がっていくなかではあったけれど、今日は降り注ぐ陽射しで暑いくらいだ。

「発明家さんならパパッと造れたりしないの？」

「できるならとっくにすべての街道が整備されているって。石を切って、運んで……道造りっていうのは地道な事業なんだ。もちろんこの国の特殊な地形から考えると、石材が多く採れるみたいなことはあると思うけれど」

「特殊なの？」

「ノストは北、西、東と三方を山に囲まれているし、国内にも多くの山があるからね。まあ、とにかく広い国だよ。広さだけで言うと大国と呼ばれるユピテル帝国の2倍から3倍くらいはある」

「ふーん……石畳って手間と時間が掛かるのね。アスファルトで固めた道路とは違うのか……」

「あすふぁると？」

「あー、ううん、こっちの話」

「ん？　もしかして魔法のことを言っているのかい？　魔法で道路を整備することはあるけれどね、その場合は土を固めたりするが、あまりにも魔力のパフォーマンスが悪いから――」

　思わず日本の道路、アスファルトについて口走ったエミリだったが、アストリッドは違うように捉えたらしい。

「はっはっは。おふたりは我が国の街道についてご興味がおありのようですな？」

とそこへ、石苑を乗せた馬車が隣にやってくる。馬車が2台並走しても問題ないくらいに街道は広い。もちろん、対向から馬車が来たら避けなければならないけれど、見渡す限りに馬車はない。

石苑はもちろん御者台ではなく客車にいるが、その馬車は天蓋がついているが壁が取っ払われた解放感のある馬車だった。よく見ると幌が格納されているので、雨が降ったりほこりが激しいときには使うのだろう。

「ええ……旅を続けているので、国によって様々違うものがありますから」

丁寧にアストリッドが答えると、

「皆様はミリアド様とどのようなご関係でいらっしゃるのですか？」

石苑が探りを入れてきた。

野球のホームベースのような五角形の顔は平たく、小さな瞳がきょろきょろしている。年齢は30代か、あるいは40代前半か。

先ほど、同じようにミリアドの馬車に並走していたのだが、話が長く続かなかったのだろう、今はこうしてアストリッドたちのところにやってきた。

「どのような関係と言われましても……どうなんでしょうね。私たちはミリアド様には、魔塔にお帰りいただきたいのですが。護衛も連れず、おひとりで行動されますからね」

「なるほど、なるほど。我が東1州の精鋭たちが責任を持ってミリアド様をお守りしましょう。確かメイドがいましたね？　そのメイドがミリアド様のお世話を？」

「まあ、そうですね」

「他の方はなにを？」

「いや、別になにも……」

正直を言えば、ミリアドがなぜついてくるのかわからないところがある。ミリアドはニナとエミリを魔塔にスカウトしたいようだが、それを石苑に話して、変に注目されるのも面倒だ。

「なにもしていないのにミリアド様が女をおそばに置くなんてありえないでしょう？」

その言い方に少々引っかかるアストリッドだが、

「私たちは目的があってノストに入国しています。それは先ほどミリアド様が仰ったとおりです」

ミリアドは「条件」としてこう言った。

――月狼族を捜している。武官にレイリンという者がいるな？　その者に会えるよう手配しろ。と。

「もちろん、その手配はしましょう。ただ我がノストの武官は星の数ほどおりますからな、捜すには少々時間が掛かるかもしれませんな。聞いておきたいのですが、武官に会いたいのはあなたたちで、ミリアド様ではない、ということでよろしいか？」

「そうです」

「つまりあなた方は武官に会う用事が最優先で、それが叶えられればミリアド様と別行動になってもよいと」

「それは――」

「――なにが言いたいの？」

横から口を挟んだのは、エミリだった。

「あたしたちは正規の手続きを踏んで入国してるのよ。あなたが右筆であっても根掘り葉掘り人の事情を聞く権利なんてないんじゃない？　大体、ミリアド様のことを聞きたいならミリアド様に聞けばいいじゃない」

「………………」

明らかにムッとしたように石苑はエミリを見た。

「エミリくん」

「いいのよ、アストリッド。この人の顔にははっきり書いてあるじゃない、興味があるのはミリアド様で、お前らは邪魔だって。礼儀を欠いている人にこちらがへりくだる必要はないわ」

すると石苑と同じ馬車に乗っていた数人の少女たちがざわざわした。20人の少女は数台の馬車に分乗しているが、石苑の馬車にもいるのだった。

「……あなたは何者ですか？」

石苑は低い声でたずねてくる。

「あたしは――」

「エミリ」

前を行く馬車の後部扉が開いて、ミリアドが顔をのぞかせた。

「ちょっとこっちに来い。魔法について意見を聞きたい」

それだけ言うと扉が閉じられた。

たまに、ミリアドはこうしてエミリを呼ぶことがあった。彼が持っている本は特殊な魔法に関するものが多い。

「ミ、ミリアド様が意見を求める相手……!?」

石苑は目を瞬かせているが、

「そういうわけで、あたしたちもそれなりに忙しいわけ。話しかけるなら礼儀を持って、手短にお願いね――アストリッド、馬車を前に出すわよ」

エミリはそう言い、馬車は前へと向かった。

「……ったくなんなの、あの男は。どこに行っても偉い人ってのは権威主義ばっかりだけど、特に輪を掛けてひどい気がするわ」

「エミリくん、君はなかなか過激だよね……今みたいな応対を見ていると、エミリくんってそう言えば冒険者出身だったなぁって思い出すよ」

「だってあからさますぎない？　そりゃ、ミリアド様といっしょにいたらあたしたちなんて添え物みたいなもんかもしれないけど、ふつうはもうちょっと気を遣うわよ！」

「――なにをそんなに荒れている」

御者台にいるミリアドの隣までやってきたところで言われた。ミリアドに聞かれていたらしい。

「そりゃあ、あっちの失礼な男のせいですよ」

エミリはくいっと親指で後ろを指す。

「ほう。ノストはユピテル帝国よりもはるかに封建的な国家だからな。あの程度ならばかわいいものだぞ？」

「げっ、マジですか」

心底イヤそうにエミリが言うと、ミリアドは、

「男が働き、女が家を守る。そんな価値観を体現している国家だ」

「えぇ、でもおかしくないですか？　トップは女性なんでしょ？」

「最高の権力が与えられている真円女君だが、その権力を使うことはまずない。すなわち象徴としての独裁者だ」

「はぁ～？　それじゃあ、なんですか、腹黒いオジサンたちが国を動かしてるとかそういう感じなんです？」

「まあ、そうなる。とは言えそれはどこの国に行っても大体そうだがな。どのような統治形態であったとしても、強い影響力を持つ者が陰にいる。この国は、その点ではまだマシな官僚制度があるのだが知りたいか？」

「……いや、別にいいです。魔法の話をしましょ」

「そう来なくてはな」

ミリアドの声のテンションが少しだけ上がったようにアストリッドには感じられた。滅多に笑わないミリアドだが、機嫌のいいときと悪いときははっきりしている。今、エミリに魔法の話を振っているミリアドは明らかに機嫌がいい。

（それにしても、変わったものだねえ）

そんなミリアドと、エミリの会話を半分聞きながらアストリッドは思う。

（エミリくんがどうして荒れているのか質問したりとか、返答を聞いた後にそれについてコメントしたりとか……「五賢人」ともあろう貴顕《きけん》がずいぶんエミリくんを気に入ったものだねえ）

ミリアドほどのＶＩＰならば一介の冒険者であるエミリなんて、命令する対象くらいでしかないのに、エミリとコミュニケーションをとり、さらには意見まで求めているのだから。

（……「あの程度ならばかわいいもの」、か）

アストリッドはアストリッドで、ミリアドの指摘を思い返す。

州の右筆である石苑はミリアドに取り入ろうと必死だ。その意図は明白なのだが、ミリアドと行動をともにしているエミリや自分に対しての、あのぞんざいな態度はなんなのか——アストリッドは最初理解できなかったのだ。

女性は家にいればいい——そんな古い価値観がここでは現役だという。

（はぁ……まったく。問題が起きなければいいけどね）

ちらり、と背後を見やってアストリッドは思う。見られたことに気づいたニナがきょとんとした顔でアストリッドを見て、首をかしげている。

この少女が問題を起こしそうな気しかしないアストリッドである。せめてノストにいる間は大人しくしててね、と思う。

だから——思いもしなかった。

まさか自分が問題に巻き込まれてしまうなんて。

「五賢人」のミリアド様来《きた》る――という情報はあらかじめ伝わっていたようだけれど、それでも行く先々での混乱ぶりは見て取れた。東1州の右筆である石苑が手を回して、街の有力者のお屋敷を押さえていたのだけれど、上を下への大騒ぎがあったのだろう、あわてて屋敷中を掃き清め、入手可能なあらゆる高級食材をかき集めて晩餐に提供する。

「ふわぁ……！　これ全部食べていいのですか！」

喜んだのはティエンだった。

巨大な円卓には白のテーブルクロスが掛けられ、色とりどりの大皿が並ぶ。他にもワゴンで運ばれた寸胴や蒸籠《せいろ》からはほかほかとした湯気が立ち上り、声を掛ければいくらでも出してくれる。

食器は美しい柄の入った陶器で、白をベースに精緻な筆で飛翔する鳳凰が描かれている。全員が同じ食器であり、寸分違《たが》わぬ絵柄にはさすがのニナも驚いた。

「すばらしい出来のお皿ですね……滲みひとつなく、色合いの鮮やかさも見事。お食事に使うのがためらわれるほどです」

ニナは自分も給仕したそうにそわそわしていたが、「今日は座ってなさい」とエミリから釘を刺されていた。

ナイフとフォークではなく箸を使うところもまたノスト流なのだが、ナイフとフォークもちゃんと食卓にあって、エミリだけが箸を使って食べていた。

巨大なフナを蒸したものは泥臭さが一切なく、酢醤油をベースに多くの香辛料を混ぜたソースとともに食べると淡泊ながら奥が深い白身魚の味わいが際立つ。

豚肉も蒸されており、脂が落ちてさっぱりとしていくらでも食べられる。

ナッツとともに炒めたエビには唐辛子が紛れており、ぴりりと辛い。

これらノスト料理はアストリッドもほとんど食べたことのないものだった。特に香辛料の類はニオイに影響するため、料理の味を決めてしまう。慣れない香辛料はすぐには受け付けないもの——なのだが、

「おかわりなのです」

ティエンは片っ端から平らげて、「これだけあれば食べ尽くされることはないだろう」と自信満々だったお屋敷の人たちの頬が引きつり、

「うまっ、うまっ、久々のチュウカは最高ね～。このラム串最高じゃない？」

肉が見えないくらい香辛料を振りかけた串焼きを頬張っているエミリがいる。

「——アストリッドさん、こちらのチーズはライテンシュタールのものですね」

ニナが教えてくれたものは、煮込んだ豚肉にとろりとしたチーズを掛けたものだった。なるほど、これならばアストリッドの舌にも合う。

「ふーむ、これは絶品だね」

「ライテーノチーズでも、かなりの年月熟成させたものでしょうね。それをこれほどふんだんに使

うとは……」

「ミリアド様への歓迎度合いが見て取れるね」

右筆石苑がミリアドを歓迎したいがための晩餐ではあった。とはいえミリアドはどこぞの別室で――おそらくこの部屋よりずっと豪勢な場所で――歓待されていて、ここではアストリッドたち4人で食事を取っている。

「…………」

アストリッドも美味しく感じられる料理が見つかったところで喜んで食事を進めていると、今度はニナの表情が曇っている。

「どうしたんだい、ニナくん」

「あ、いえ……ミリアド様は大丈夫でしょうか」

「どういうこと？」

「食事の傾向ですが――」

どうやらミリアドは調理法が簡素な食事を好むらしい。素材の風味がはっきりと生きているものが好きであり、その趣味を知った上でニナは料理を提供してきた。

「そう言われてみると、この晩餐は逆だね。なるべく手の込んだものを出そうとしているような感じさえする」

「ええ。それはそれですばらしいのですが……ニオイにうるさいティエンさんですら喜んで召し上がっていますし」

確かに、ティエンの周辺だけ大皿が消え去っており、お屋敷の人たちがあわてて調理場に走っている。

「その情報をお屋敷の人には……まあ、言えないか」

「はい」

実のところ「五賢人」の好みや嗜好は、それすら機密情報だったりする。

なのでニナも、ミリアドの情報を簡単に漏らすわけにはいかない。石苑が馬車で探りを入れてきたように聞き出したい人は多い。でもニナはメイドとして当然秘密は守るし、アストリッドだってそうだ。ミリアドのためというより「口が軽い女」としてニナにがっかりされたくないという思いが強いのだけれど。

「……まあ、私たちはミリアド様のオマケだし、気にしないでおこう。食事を楽しまないと損だよ。それに腕を振るってくれた料理人にも悪い」

「そう……ですね。おっしゃるとおりですね。ノスト料理を口にする機会はとてもありがたいので、わたしも楽しみます！」

気持ちが切り替わったのか、にこりとニナが微笑んだ。

よかったよかった、と思って食事をしていたのもつかの間、部屋のドアが開いてぞろぞろと10人の少女が現れた。次期真円女君候補の少女たちである。

彼女たちはきらびやかな服をまとっていた。ある少女は金糸で飾りを刺繍したものを、ある少女は星屑のような宝石をちりばめたものを、ある少女はティアラのような冠を。

半分の少女が手に楽器を持っている。琵琶によく似た弦楽器、横笛、それに太鼓。

「お食事中の余興にと、参りましてございます」

鈴を転がすような声とはまさにこのことを言うのだろう。真ん中にいた少女の声は聞く者の耳に柔らかく、心地よく、そしてどこか甘く響いた。

「余興？」

「はい。どうぞご高覧賜りますよう――」

中央の少女が言うと、テン、テテン、と太鼓が鳴り始めた。そこに弦楽器と笛の音が重なり、楽曲が奏でられていく。もともと豪華だったこの部屋がさらに華やぐのをアストリッドは感じていた。

4人の少女が手に手に扇を持って前に出るや、それを開いて踊りを始める。すると中央の少女が歌い始めた――。

「――臘酒《ろうしゅ》の濁りを愉しみなされ
豊年を祝うものなれば
山が重なり　河も複《かさ》なり　路なき路は続き
柳は暗く垂れども　花は明るく　故郷《ふるさと》はあり
簫鼓《しょうこ》の楽の音　春祭《しゅんさい》来たり
冠《かん》も飾《しょく》もない　故郷の祭り
満月昇らば　また来ておくれ

夜門《やもん》を叩かば　歓待されん」

余興——なんて言葉で片づけるにはあまりに美しい、とアストリッドは感じた。

一糸乱れぬ４人の踊りと、まろやかに融和し、温かな空気を醸し出す音楽。

そして、歌——圧倒的な表現力だった。おそらく年の頃は12か13といったところで、そんな少女の歌声は朗々と響き渡ったのだ。

真円女君候補。「象徴としての独裁者」とミリアドは言ったけれど、ここにいる少女の誰であってもその技術だけで一生食うに困らないほどの腕前だった。象徴には象徴である理由があるのだ。

「——すばらしい」

アストリッドが思いがけず拍手をすると、ニナも、エミリも、ティエンも拍手をした——のだが、歌い手であった中央の少女は頭を下げつつも一瞬つ、ま、ら、な、さ、そうな顔をした。

ん？　と思ったときにはもとに戻っている。気のせいだろうか、とアストリッドが思っていると、

「お楽しみいただけましたでしょうか？」

と、可憐な笑顔で少女は言った。

「雪柳《せつりゅう》と申します。皆様とお話をさせていただければ光栄でございます」

つややかな黒髪を複雑に結い上げており、金色のかんざしでまとめていた。幼い顔立ちではあるがうっすらおしろいと頰紅が入れてあり、唇の紅が、雪柳を妖艶に仕立てていた。

「話……かい？」

アストリッドが目を瞬かせながら聞くと、雪柳は、

「はい。わたくしたちはノストに生まれ、ノストで育っております。こうして『真円街道』をゆくことになって、初めて街を出たという者も多いのです」

そう言うと少女たちはうなずく。そのうなずき方ひとつ取ってもゆったりと優雅だ。

「真円街道……というのは今日通ってきた石畳の街道のこと？」

「左様でございます。我らが天子たる真円女君の威光を讃えるために整備された街道であるとも、真円女君選定の儀のために各地から候補者を運ぶ街道として整備されたとも言われております」

「それは、なんともスケールの大きい話だね」

巨大な建造物を造ることになったときの逸話というものはいつの時代にもあるものだ。雪柳も真相を知らず、逸話を披露しただけではあったけれど、事実として街道は整備されている。やはりあの石畳の街道は、気が遠くなるほど長い年月と費用を掛けて造られたのだろう。

「――あの、先ほどのお歌ですが」

横からニナが言う。雪柳がニナへと向ける視線は、自分に向けるそれよりもいささか冷たいものになったようにアストリッドには感じられた。

「はい、お気に召しませんでしたか？」

「いいえ！　とってもすばらしかったです。失礼ですが雪柳様の故郷は海沿いでいらっしゃるのでしょうか？」

「海？　そんなことはありませんわ、ひなびた田舎の農村でございます。それと、わたくしのこと

は『様』などつけず、『雪柳』とお呼びくださいませ」

「いえいえ、では雪柳さんと……」

「わかりました、それで結構でございます。なぜわたくしが海沿いの出身だとお思いになったのでしょうか？　東1州は内陸でございますよ」

「あ、そうだったのですね。失礼いたしました。……その、すばらしいお歌ではありましたが、雪柳さんの歌い方に感傷がありませんでしたので」

　このとき初めて雪柳の眉がピクリと動いた。

「完璧な節回しと、温かみのある歌詞を伝える表現力は、まさに熟練のそれのように感じられました。わたしよりもお若くいらっしゃるので、もしも故郷に関するお歌でしたら感傷が含まれてしまうものでしょう？　ですがまったくそれがありませんでしたから、お歌にあるような山奥の故郷ではなく、海沿いなのかと思いまして……」

「いえいえ、歌を褒めていただいたのだと思い、ありがとうございます」

　頭を垂れてから雪柳は、

「……今の歌はあらかじめご存じでしたか？」

「いいえ、初めて聴きました。素朴ながらも温かい、故郷の人間味が感じられるようなお歌ですね」

「…………」

　ニナの返答を聞いてから数秒黙っていたが、それから重ねて彼女はたずねる。

「メイドの御方は……お名前をなんとおっしゃるのでしょうか？」

「ニナと申します」

「他の皆様もニナ様のように詩歌に造詣が深くいらっしゃるのでしょうか？」

「ないない！　あたしは歌なんてさっぱりよ」

ニナが答えるよりも前にエミリが言うと、ニナはニナで、

「わたしも造詣が深いなどとは申せません。どうぞ、ニナとお呼びくださいませ」

謙遜ではなく心底そう信じているように言う。

「では、ニナさんとお呼びしますね。しかし、ニナさんは東1州の地理にあまり明るくないようですが、歌の内容をすぐに言い当てられましたね。簡単な歌ではないと思うのですが……ノストの文化にお詳しいのでしょうか？」

「メイドなら当然のことです」

当然じゃない、と言いたくなるのをこらえたのはアストリッドだけじゃなくエミリもティエンもそうだった。なぜこらえたのかと言えば、

「当然ではないでしょう？」

と雪柳が代理でツッコんでくれたからだ。

「ですがわたしはメイドでございますので」

「メイドだから……でございますか？」

「はい」

「？」

ニナが、微笑みと、心底そう信じ切っているという本音によって押し切ってしまった。雪柳は狐につままれたような顔をしている。

「わたくしの知る範囲では、メイドというお仕事は雇い主の生活のお世話をする者だと」

「そのとおりでございます」

「ではミリアド様のお世話も？」

「したり、しなかったりですね。ミリアド様に雇われているわけではございませんので」

え、違うの？　とますますわからないという顔を雪柳がする。

「では、そちらの魔導士の方に雇われていらっしゃる？　魔導士の方はミリアド様と同じ魔塔のご出身なのでしょう？」

「違うわよ。あと、あたしも別にニナを雇ってるわけじゃない」

エミリが答えるとますますわからない顔になる。

「ではそちらの……月狼族でいらっしゃいますか？」

「チィはチィなのです。でも、ミリアド様とは関係ないからね」

わからなさに拍車が掛かってきた。ついに雪柳はアストリッドを見た——まるで助けを求める子犬のように。

「ああ、私も違うよ。私はアストリッド、ただの発明家だから」

「発明家……？」

「知らないかな。主に魔術を使って新たな道具を造るんだ」

「あ、はい、それは存じ上げておりますが、失礼ですがアストリッドさんは女性でいらっしゃいますよね？」

「ええ。あなたと同じ」

「でも発明は男性の仕事では？」

あぁ、そうか。この国はこれまで以上に男女による職の違いがはっきりしているんだっけ、とアストリッドは思い返す。どの仕事を誰がしたっていいじゃないか、と正論を口にするのは簡単だけれど、納得してもらうのは難しい。文化や思想というのは変えられるものではないのだ。長い時間を掛けてゆっくりと変わっていくものなのだ。

アストリッドがこのとき気づいていなかったことには、この国には特殊な事情がもうひとつあった。

圧倒的に魔道具が少ないのだ。

街灯は提灯だし、調理においても薪で火をおこしている。ノスト国内の移動では、暗くなる前に次のお屋敷に着いて、ニナが料理の腕を振るうこともなかったので気づきづらかったことはあったけれど、この国は、ユピテル帝国や、もちろんフレヤ王国と比べて——圧倒的に魔道具が少ない。技術レベルで考えると、100年以上は遅れていると言っていいかもしれない。そしてそのことを厄介にしていることには、ノストは、わざと魔術の導入を遅らせているのだ——。

別の少女が、こう言った。

「魔術など堕落の証拠でしょう？」

「そのとおりね」

「人がすべきことを魔力で解決するなんて野蛮だわ」

「進歩をなくしてしまうのよね」

他の少女たちも賛成した。

その言葉が自分を貶める内容だとアストリッドはわかったのだが、声が出なかった。

（……え？）

驚いていたからだ。

魔術は人が発見し、築き上げてきた技術だ。これを「堕落」と表現するにはさすがに無理がある。

大体、少女たちが披露した歌や踊り、音楽だって生まれたときから身につけていたものではなく、たゆまぬ努力の末に身につけたものだろうけれど、それを「堕落」とは言わないはずだ。

「――バカじゃないの？」

アストリッドが言うよりも先に言葉を口にしたのは、エミリだった。

「確かに、そこのアストリッドはずぼらでがさつで堕落の象徴みたいなものよ」

――いや、ちょっ、それはひどくない？

「でも、発明に関しては絶対に妥協しないわ。自分の発明で誰かの生活を豊かにしたり、誰かの苦しみをなくしたりすることに一所懸命に取り組むのよ。少なくともそれは、アンタたちの余興じゃ、絶対にできないようなことよ」

エミリの指摘に少女たちが色めき立つ。

「――なっ、我らは真円女君の選定の儀に向かう候補者ですわ。それを侮辱しようというの？」

「真円女君だかなんだか知らないけど、少なくとも、人の頑張りをちゃんと知りもせずバカにするような女に、国の統治者なんて務まるわけないじゃない」

「!!」

キッ、と少女たちがエミリをにらみつける。

「我らを、芸にのみ秀でているだけの幼い女だと見くびらないことですわ。あなたのような、ミリアド様にくっついているだけの魔導士くずれに負けないくらいの魔法が使えますのよ」

そう言った少女とは別の少女３人が、同時に詠唱を始めていた。「『風の精よ、我が呼び声に応じてこの場に集まれ』」――と始まるそれは風魔法だ。少女３人の身体に青白い燐光が集まり、魔法が練られていく。

こんな室内で魔法を!?　なにを考えているの――とアストリッドが驚くまでもなかった。

「つまらない魔法、使わないで」

エミリがパチン、と指を鳴らすと、

「えっ」

「えっ、えっ」

「ま、魔法が消えた……!?」

３人の少女がまとっていた光が、消えたのだった。

「これ以上やるなら、このお屋敷がなくなるくらい本気出すけど？」

「!?」

エミリの周囲に、少女たちとは比べものにならないほどの魔力が集まってくる。まるで、彼女が青白い炎で焼かれているかのように。

そんなエミリの迫力に青ざめたのは少女だけではなかった。お屋敷の人もここにいて、「そ、それはご勘弁を！」と声を上げている。

「じゃあ、消えなさい」

エミリがくいっとあごで出口を示すと、少女たちはあわてて走り出した。お屋敷の人たちも走っていなくなった。

閉め忘れた扉が半開きとなってギィィと音を立てて揺れていた。

「……あんたは行かないの？」

先ほど歌っていた少女——雪柳だけが、ただひとり、残っていた。

「はい。お姉様がどのようにして、魔法を無力化したのかが気になりまして」

「ふぅん？　それをあたしが説明してあげると思う？」

「わたくしができることならなんでもしますわ。歌だって、詩を読むことも、楽を奏でることもできますのよ」

「さっきも言ったけど、芸事にだけ価値を見いだしてるなら——」

「誰かの苦しみを労る心も美しゅうございますが、今のお姉様は大きなお屋敷で贅沢な晩餐を楽しんでいらっしゃいましたよね？　であればお姉様には、皿を洗う苦労も、寒風にさらされる痛みも、ございませんもの。食事を楽しまれた後ならば、余興を披露するのがわたくしの精一杯かと存じます」

「む……」

正論で返されたエミリはむっつりとしたが、

「……そんなことより、アストリッドに謝ることが先じゃない？」

そう促すと、雪柳は素直に頭を下げた。

「アストリッドさん、不愉快な思いをさせてしまって大変失礼いたしましたわ。どうぞ青龍のおわす東方七宿《とうほうしちしゅく》の瞬く星空のように広いお心でご寛恕《かんじょ》くださいますようお願い申し上げます」

「あ、ああ……私は大丈夫だよ」

アストリッドはそう答えるのが精一杯だった。

この雪柳という少女はすぐにまたエミリを見て、「お姉様お姉様」と言ってなついている。

「……アストリッドさん、お茶を淹れましょうか？」

心配そうなニナに、アストリッドは首を横に振った。

「大丈夫。むしろお酒が飲みたいよ――ミリアド様と行動をともにするのは楽なことばかりではないね」

まだまだ波乱が起きそうだぞ、と思うのだった。

翌朝、ニナたちは石苑の部下に起こされた。

食事どころか朝の身支度もそこそこに石苑のいる場所まで来いと言う。

「……いや、朝何時だと思ってるんです？」

エミリがたずねると、

「石苑様がお呼びだ」

としか言わない。

「ミリアド様はこのことをご存じで？」

「なぜミリアド様のお名前が出てくる。お前たちはミリアド様に雇われているわけでもなんでもないのだろう？」

ニナたちは顔を見合わせたが、どうやら、行くしかないらしい。

連れて行かれた先は大部屋で、石苑が偉そうにソファに座り、後ろには昨晩の真円女君の候補者が並んでいた——9人ほど。雪柳だけはいなかった。

「なぜ呼ばれたかわかるか？　わからぬのであろうな」

石苑は、昨日の丁寧な物言いとは打って変わってぞんざいで、端々には怒りが滲んでいた。

「……ノストのただひとりの頂点にして敬愛すべき天子である真円女君。その候補者である彼女たちは我々が最も大切にしている存在である。貴様らは、その候補者たちを侮辱し、こともあろうに魔法で恫喝したと聞いた」

石苑が言うと、９人の少女たちは恐ろしそうに肩を震わせ、顔を隠し、身を寄せ合った。

「は？」

わけがわからず、アストリッドの声が出た。

「な、なにをおっしゃってるんです？　最初に魔法を使ったのはそちらの――」

「黙らっしゃい！」

石苑がテーブルを叩くと、陶器のカップがかちゃんと音を立てる。

「『五賢人』ミリアド様の使用人かと思えばただの旅の道連れだという事実を、ミリアド様から聞いているのだ。ミリアド様のそばにいれば自分たちも厚遇されると思ったか？　無礼な振る舞いをしても許されると？」

「いやいやいやいや」

「本来ならばこの場で捕らえて牢獄に放り込むところだが、この国の至宝たる真円女君の候補者たちの前で荒事はしたくない。謝罪をせよ。床に額をこすりつけ、候補者たちに謝罪をするのだ。そして二度とミリアド様に近づくな」

「…………」

聞く耳を持っていない。

どうする？　なにを言えばいい？

石苑の後ろでは少女たちがちらちらこちらを見ている。口元を覆っているが、にやにやしているのがすこしだけ見えた。

「あのですね、まずは誤解を解きませんか？」

アストリッドが切り出すと、

「はぁ……もういいわ。行きましょ、アストリッド」

「え？」

服の袖を引いたのはエミリだった。

「こんなところに長居しても時間の無駄よ」

「でもこの先を考えると……」

ティエンと同じ月狼族の武官であるレイリンを捜すにはこの国の権力者の力が必要だ。東1州の右筆である石苑ならば情報網だってあるだろう。

「わたしも今回はエミリさんに賛成です」

「ニナくん」

「いいのです、アストリッド。チィは仲間がバカにされることのほうが許せないもの」

「ティエンくんも……」

昨日も早々に怒ったエミリはともかく、ニナとティエンもエミリと同じ気持ちだとは思わなかった。アストリッドは気づいている。3人は、アストリッドのために怒ってくれているのだと。

アストリッドが誇りに思っている発明をバカにし、さらには男の仕事だと決めつけた。

それを謝りもせず、この言いがかりである。

「わかった……みんなが言うなら、もういいか」

気持ちが吹っ切れた。偏見にまみれ、告げ口をして憂さを晴らそうとしている少女たちに、相手が取るに足らない相手だとわかると露骨に態度を変える権力者。

こんな人たちに下げる頭などあるはずもない。

「おい……お前たち、どこへ行く？　お前たちは中央府で武官を捜すのに私の力を借りたいのだろう？」

「いえ、もういいです。こちらからお断りです」

「なに！」

石苑が腰を浮かすが、そんなのを相手にする必要もない。

「じゃ、私たちはこれでお屋敷からも出ますね」

「そんなこと、許すわけがないだろう！」

振り返って部屋を出て行こうとしたアストリッドたちだったが、扉の前に衛兵が5人立ちはだかっていた。

「謝罪をするまで許さないと言ったのだ、私は！　それにな、この部屋には特別な仕掛けがあって魔法が一切使えないのだ」

勝ち誇る石苑は少女たちからエミリの魔法のことを聞いていたのかもしれない。

アストリッドは天井を見やると、

「ほー……術者から発せられる魔力の拡散と、精霊避けの魔術……ああ、なるほど。エミリくん、これは面白いね。精霊に呼びかける際の魔力の働きが弱まるような魔術が張り巡らされているよ」

「へえー、っていうかこれって魔術じゃん？　堕落の証拠とかなんとか昨日言ってなかったっけ？」

エミリが言うと、少女の誰かが「ものは使いようよ。いい気味だわ」なんて言っている。

「……まあ」

それを聞いたエミリが人差し指を立てると、そこに、ボッ、と火球が現れた。

「!?」

まったく想定していなかったのだろう出来事に、石苑を始め、少女たちも、衛兵も、驚いて目を丸くする。実を言うとアストリッドもめちゃくちゃびっくりした。

「魔法ってもっと自由なのよ。昨晩、教えてあげたつもりだけどな」

エミリの周囲には火球がボッ、ボッ、ボッといくつも浮かんだ。

「え、え、詠唱もなしに魔法を……!?」

「しかも浮遊させて固定なんて、ひとつでも難しいのに！」

「いくつの魔法を同時に発動させているの!?」

口々に驚きの声が上がる。

「さあ、これを放ったらどうなるかわかるわよね？」

エミリが言うと、

「え、衛兵!!　今すぐその女を抑えろ！」

石苑が叫ぶ。その顔は青ざめ、額からは滝のように冷や汗が垂れていた。

「くっ――」

声に応じて衛兵が剣を抜いて飛び掛かろうとした――瞬間、

「ッ!?」

「動かないで」

オオカミのようにふっさりとした毛の生えた手が、剣の柄を上から押さえた。もちろんティエンである。衛兵は、子どものように小さな少女がいつの間に自分の前に移動したのかという疑問と、さらには片手だけで押さえているというのにまるで大男に押さえこまれたかのようにびくともしないという事実とに、目を白黒させている。他の衛兵もその異常に気づいてどうしていいかわからず動けなくなった。

「じゃ、盛大にぶっ放しちゃいましょっか」

エミリが石苑の方へ一歩踏み出すと、石苑がソファからずり落ち、あわてて逃げ出そうとしたが自分の服の裾を踏んで前のめりに転げる。少女たちは悲鳴を上げて逃げ惑う――。

「――なにをしているのだ。この朝から」

扉が開いた。

「ミリアド様!」

そこには、「五賢人」ミリアドがつまらなそうに――ここ数日でいちばん不愉快そうな顔で、立っていたのだった。

石苑は、エミリたちが無作法を働いたのだと盛んに言い立てたのだが、「黙れ」というミリアドの一言で完全に沈黙した。それからアストリッドから事情を聞くと、彼の冷たい目はますます冷たくなった。

後で聞いたところによるとミリアドの不愉快さも、石苑の態度の豹変も、昨晩のとある出来事に由来するらしい。

それは贅を尽くした晩餐会で、あっちこっちから来客が訪れ（ミリアドのいちばん嫌いなタイプの宴席だ）、のみならず石苑は「気に入った少女がいたら今晩寝室に向かわせます」などと言ったのだ。処女でなくなれば真円女君になれないのに、さらに国の頂点である真円女君の候補者を石苑が私物のように扱っていることにミリアドの怒りは限界を超え、宴席を蹴って去ったらしい。

石苑はあわてて挽回を企てた。少女たちを使ってニナたちの役割を奪おうとしたのだ――こちらの少女のほうが「有用」だから「入れ替え」をしようとした。それが昨晩、雪柳たちがやってきたいきさつだった。

「…………」

怒りを隠そうともしないミリアドは、長居は無用とばかりに馬車へと乗り込んだ。ニナたちもそれに続く。石苑と少女たちがあわてて追いかけてくるのだが、ミリアドは完璧に無視していた。

「お、お待ちください、ミリアド様！　これから先中央府へといらっしゃるには、必ずいくつもの面倒が発生しましょう。『五賢人』たるミリアド様であれば問題にはならないでしょうが、どこの馬の骨とも知れぬ者をお連れになっていては——」

「…………」

御者台のミリアドは、ギラリと鋭い眼光を石苑に向けた。

「ひっ」

懲りずに追いかけてきた石苑であってもこの目はさすがに恐ろしいらしく、その場に尻餅をついてしまうほど。

「……お前は、私ではなくニナたちを人質にしようというのか?」

「い、い、いえ、そ、そそそんなことは……」

「よく聞け。ここにいる魔導士エミリは私の弟子である。以降、エミリとその仲間を害することは私を害することと同じであると知れ。よいな」

はっきりと、ミリアドはそう宣言した。この場にいる石苑も、少女たちも、衛兵たちも全員耳にしたことだろう。

えっ、と言ったのはエミリだ。

「ははぁっ!」

だが石苑は平伏し、他の者たちもひれ伏したのだった。

「ちょっと、ちょっと！　どういうことですか、ミリアド様！」

お屋敷を離れ、街を出るミリアドの馬車を追う。広い街道でようやくミリアドに並んだエミリは平然とした顔をしているミリアドに食ってかかる。

「弟子ってなんですか弟子って！　あたし、そんなに安い女じゃないんですけど!?」

「は？　私はお前が女であろうと男であろうと同じ態度を取るが」

「そういう話はしてないんです。ていうかそれはそれで腹が立ちますけどねぇ！」

「あのな……『五賢人』にして魔塔の主である私にそんな口を利くのはお前くらいのものだぞ」

「ニナのおもてなしを忘れられない仲間みたいなものじゃないですか」

「……お前と話していると調子がくるう」

ふーっ、とミリアドはため息を吐いた。

「今回のことは少々腹が立った。『五賢人』を利用しようという輩は大量にいるが、お前たちが私と無関係だと知るや、これほどあからさまな攻撃を仕掛けてくるようなヤツだとは考えていなかった。これは私の読みが甘かった」

「つまり『ミスっちゃった、ごめん』って言いたいんですか？」

「私は失敗などしない」

「まだるっこしいので結論をお願いします」

ムッ、とした顔をミリアドがしたのでエミリの横に座るアストリッドはハラハラした。エミリとミリアドの会話の量が明らかに増えたのは事実なのだが、これほど気安い会話をしているのは聞いたことがない。

（たぶん、エミリくんはエミリくんで思うところがあったんだろうな）

昨晩の魔法のやりとりもそうだった。かなり、エミリは腹を立てている。

「結論は、お前を私の弟子にしておくとなにかと都合がいいということだ」

「都合？」

「考えてもみよ。ここから中央府までは5日は掛かるという道のりだ。その途中途中で右筆が現れ、案内をさせてくれと申し出る。そうして私と無関係のお前たちを排除しようとする。そんなことが幾度となく起きるのだぞ」

「うっ……」

「そのたびにお前は魔法を放って屋敷を壊すつもりか」

「こ、壊すなんてこと――」

「私があのタイミングで石苑の部屋に入らなかったら、そうしていただろう？」

「…………」

黙りこくるエミリを見て、アストリッドは「え？」と思う。

「エミリくん？　確かに君は魔法を展開していたけれど、それはただの脅しだったんだよね？　まさか本気で撃ち込もうなんて思ってなかったよね？」

エミリはそっぽを向いて下手くそな口笛を吹いている。

　ふーっ、ともう一度ミリアドはため息を吐いた。

「アストリッドよ。こやつはいつの間にか私の魔法も盗んだらしい。ちゃんと手綱を握っておけ」

「ぬ、盗んだってなんですか！　あたしはミリアド様の魔法にインスピレーションをもらってですね……」

「どういうこと、エミリくん」

「ちょっと前に、スケルトンが発生していたダンジョンがあっただろう？　あそこで私が使った『虚無の青鏡《ブルーミラー・オブ・ナイヒリティ》』を応用して、昨晩、少女たちの魔法をキャンセルしたのだろう」

　アストリッドはその魔法の威力を覚えている。大量のスケルトンが繰り出す魔法を吸収し、そのまま相手を押し潰すというとんでもない魔法だった。

　昨晩、エミリがどうやって少女たちの魔法をかき消したのだろうかとアストリッドは不思議だったが、バタバタしていて聞けていなかったのだ。

　さらに言えば「魔法が使えない魔術」が施された部屋でエミリが魔法を発動できたのも、その応用らしい。

「便利そうだったもので、つい」

　拳をこつんと頭に当てて舌を出して「てへぺろ」しているエミリを見て、ミリアドの額に青筋が走る。

「私があの魔法を生み出すのに何年かかったと思っている？」

「いやー、あははは、まぁいいじゃないですか。ミリアド様の魔法が減るものではありませんし～」

「そんな簡単に魔法を複製できたら、市井の魔導士はすべて大魔導士になるであろうが」

「まぁ～、それが、あたしの才能？　みたいなものですし？」

「お前は――」

調子に乗っているエミリにさらにミリアドが言おうとしたときだった。彼はふと、言葉を切った。

「……招かざる客が来たようだぞ」

「え？」

馬車が2台並べばいっぱいの街道ではあったけれど、その横にするりと馬が入り込むくらいの隙間はあった。

黒い毛並みの美しい馬に乗っていたのは、それを旅装と呼ぶにはあまりにきらびやかで、お芝居から抜け出てきたような少女は――、

「お姉様！　わたくしをお連れくださいませ！」

――雪柳は、詩でも歌うようにつややかな声を上げた。

「はぁ？　アンタなに言ってんの。今朝の騒ぎを聞いてないの？」

「聞きましたわ。ミリアド様をこれ以上煩わせてしまい、我がノストを悪く思われてしまうのは国益に反します……ですが、お姉様の旅のお供に立候補するのはよろしいでしょう？」

「あたし？」

自分を指差して首をかしげるエミリに、ミリアドは、

「ふん、考えたな。確かにエミリは私の弟子だが、魔塔では師が弟子のやることに口は挟まぬ。好

きにするがよい、エミリ」

「いや、弟子じゃないですし」

「その議論は終わったはずだが？　ティァンのために骨を折るのはこの私だぞ？」

「ぐぬ……ティエンを盾にするなんてずるいですよ……。ほら、ティエンがかわいそうです」

ばっ、と馬車の内部を示したエミリだったが、ティエンは、

「エミリはチィのためにがんばってくれると信じているのです」

「ちょっ、そんなキャラじゃないでしょアンタ！」

「エミリは最近食べ過ぎ飲み過ぎでぐーたらなのです」

「…………」

エミリは自分のお腹を無言でちょっとつまんだ。

「で、でもこれとそれとは関係ないわ！」

「エミリさん、お食事の量を減らしましょうか……」

「止めてよニナ!?　あたし、ニナのご飯を減らされたらどうにかなっちゃうわ！」

「……こんなのを弟子と呼んだのは失敗だったか……」

「なんですかそれ、ミリアド様！　露骨な手のひら返しは止《や》めてください！」

そんなやりとりをしていると、

「お姉様！　わたくしはお邪魔でしょうか」

雪柳が食い下がる。

「ここから先、あらゆる場所でミリアド様は歓待をされるでしょうけれど、才能あるお姉様が昨日のようにぞんざいに扱われるのはわたくし許せませんの。わたくしは真円女君の候補者たる証を持っておりますから、そのわたくしが慕うお姉様をむげにする者はいませんわ！」

「むむ……別にあたしは、その辺の宿でいいんだけど」

「いけません！　お姉様ほどの魔導士様が貧相な宿なんて……」

「お屋敷の豪華な夕食も美味しいけど、あたしはニナの作ってくれるご飯が好きだからさ」

「え……」

「ニナ、エミリの食事量を管理するように」

「かしこまりました」

「ちょっと、ミリアド様が口出ししないでくれます!?　師は弟子に口出ししないんでしょ！」

そのときふと雪柳がちらりとニナを見た――のだが、その視線に、ほの暗い感情のようなものがあったようにアストリッドには感じられた。

それを見ていたのはアストリッドだけだったかもしれない。

「ともかく！　あたしは大きなお屋敷の豪勢な晩餐なんて求めてないの！」

「私もそうだ」

エミリとミリアドが言うと、雪柳はちょっと考えてから、

「――では、こうしたらいかがでしょうか？」

と、切り出した。

東3州に入ったが東1州との違いはニナにはわからなかった。街道の景色はずっと変わらないし、活気のある街では人々が行き交い、朝から夕まで商いが行われ、誰かが話している声が常に聞こえている。

（皆さんのお顔が明るい）

活気があるだけでなく、貧富の差も少ないのか、街にはスラムのようなものが見当たらなかった。孤児や貧乏な子もいるのだが、周囲の大人が気にかけているようで、子どもが作った飾り紐を買っている大人がいたり、焦がしてしまったからと串焼きを渡している大人がいたりするのをそこここで見かけた。

日が暮れると、酒場から喧噪と楽の音が漏れている。換気のためにわずかに窓を開けているとうっすらとその音が聞こえてきた。

「――お、美味しいですわ……！」

食堂で目を見開いているのは雪柳だった。

東3州の右筆がミリアドの到着を待ち構えていたのだが、それを雪柳がうまくかわし、右筆は名残惜しそうにしながらもミリアドを歓待するのをあきらめ、こうして一般の宿を取ることができた。

ちなみに「どうやって説得したの？」とエミリが雪柳に聞いても「それは秘密ですわ、お姉様」と無邪気な笑顔を浮かべるだけだった。

　そんな雪柳が驚いたのはニナの振る舞う料理だ。食材はノスト独特のものが多かったということもあるが、ちゃんとニナはノストふうの料理を作ることができていた。最初こそ半信半疑という顔の雪柳も、一口食べると思い知らされた——敬愛する「お姉様」がメイドに惚れ込む理由を。

「ふふふ、すごいのよ、ニナは。できないことはないのよ」

「いえ、エミリさん。わたしにはメイド仕事しかできません」

「お姉様もすごいですわ。箸をとても上手に扱ってらっしゃるのですもの」

「え!?　あ、あー、ちょっとした慣れよ……」

　ユピテル帝国やフレヤ王国など、大陸のほとんどはナイフとフォークで食事を取るのだが、ノストは箸を使う文化があった。もちろんナイフとフォークも用意されている食事処がほとんどなので旅行者が困ることはないのだけれど。

「…………」

「…………」

　無言でティエンとミリアドが食べているが、いつもどおりのティエンはもとよりミリアドもフォークが止まらない以上は「美味しい」と感じている証拠だ。ニナが、ミリアドの好みに合わせて彼にだけ違う味付けの料理を出しているということもある。

「いやはや、すごいもんだねえ、お嬢ちゃん。めちゃくちゃ美味しいよ。ほんとにうちの食材を使ったのかい？」

と、厨房を貸してくれた宿の主人が言うと、他の客からも「食わせてくれ！」という要望が出たが「うちの料理に文句があるのかい!?」と女将さんがすごむとその声は引っ込んだ。女将さんはニナの出す料理をちゃっかり食べていたのだが。

「——アストリッドさん？」

そんなにぎやかな食事ではあったけれど、アストリッドが先に食事を切り上げて部屋に戻っていたのにニナは気づいていた。彼女の部屋を訪れると、アストリッドはひとり、窓を開けてお酒を飲んでいた。

「ああ、ニナくん。どうしたの？」

「その——いえ、お茶はいかがですか？」

「いいよ、もうちょっとこいつを飲みたいからね。わざわざありがとう」

アストリッドが手に取って見せたのは陶器製の酒瓶で、ノストでよく飲まれている白酒だった。米でできた蒸留酒で、ウイスキーのように強い酒精が特徴だ。

そんな強い酒を飲んでいるのに酔った様子がないのは、ほとんど飲んでいないのか、あるいは他に気になることがあるのか——実のところニナは、アストリッドの様子がいつもと違う気がして様子をうかがいにきたのだ。

「……ニナくん」

ふと、アストリッドは言った。

「ライテンシュタールではニナくんが『メイドは必要ないのか』と言っていたけれど、同じことを私はこの国に来て思ったんだよね。『発明家は必要ないのか』……って」

「そんなことは……。確かに街灯は提灯の明かりですし、厨房の竈も薪や石炭を使っていましたが……」

言いながらニナは、この国ではほとんど発明品が使われていないことを改めて思い出した。

「もちろん発明品がなくても人は生きていけるんだけれど、私は発明が人の生活を豊かにすると思っていたんだ。でもね、ここの街の人たちはみんな楽しそうだろう？」

そのとおりだった。

発明品が普及しているユピテル帝国やフレヤ王国は貧富の差が激しかった。

「すべてが発明品のせいではないけれど、いろいろと考えてしまうね……」

「ア、アストリッドさんの発明はすばらしいと思います！」

「ありがとうニナくん、励まそうとしてくれて。だけれど私は凹んでいるわけではないんだ」

「そう……なのですか？」

「うん。発明が重要であることは変わりないと信じているしね。だって、飲み水を清浄に保つような魔術があるおかげで新生児の死亡率がぐっと減った地域があるし、医療の現場では手術をするのに使う道具を手軽に煮沸できるようになって感染症が起きにくくなった。人の命を救えるという強みがあるんだ。ただ——発明品が及ぼす影響について考えたことは何度もあったけれど、これほどはっきりと目の当たりにしたのは初めてだったの。これも旅の醍醐味だなって思っていた。ただすこし、整理する時間が必要なだけ……」

穏やかに言うアストリッドの横顔に月光が掛かっている。

美しい人だとニナは思った。

もともとスタイルもよく、きりっとしていれば仕事のできる美人のように見えるアストリッドだけれど、ニナはアストリッドの内側にこそ美しさがあると感じる。

アストリッドは、発明が世界を変える力を持っていて、その力が危ういことも理解している。

アストリッドは、発明には大金を生む力があるけれど、その力に振り回されない意志を持っている。

「……アストリッドさんと、旅ができるわたしは幸せ者ですね」

彼女の見ている世界は、ニナが見ているそれとは全然違う。アストリッドは見えているものをありのままに話してくれる。ただひとりで旅をしていれば見えなかった景色をアストリッドは見せてくれるのだ。

「なに言ってるの。ニナくんがいるから私は快適な旅を送れているんだよ」

「いえいえ、メイドなら――」

「当然です、かい？」

ニッ、とアストリッドが笑うと、釣られてニナも苦笑した。

そのとき「――ニナ？　どこぉ？」と階下からエミリの声が聞こえた。

「あ、お呼びのようなので行ってきますね」

「うん。わざわざ気にかけてくれてありがとう。それと……」

言いかけて、アストリッドは口を閉ざした。

「？　アストリッドさん？」

「これは……私の勘違いかもしれないのだけれど、雪柳くんにはちょっと気をつけたほうがいいかもしれないね」

「…………」

「あー、いや、なにか確信があるとかそういうわけではないのだけれど、彼女はなにを考えているかわからないところが……ちょっと考え過ぎかな」

ニナの沈黙を「戸惑い」と受け取ったのかあわてて言葉を接ぐアストリッドだったが、

「いえ、わたしも気にしておくようにしますね」

「そう？　ごめんね、絶対なにか悪いことがあるとかじゃ、全然ないのだけれど」

「いえいえ。ではこれで」

ニナは一礼して部屋を出て行った。

エミリのところへと戻る途中で、ニナは考える——雪柳のことを。

（……アストリッドさんも、わたしと同じ懸念をお持ちなんですね）

実のところニナは、初めて雪柳が名乗ったときから彼女の危険性を感じ取っていた。

『——臘酒《ろうしゅ》の濁りを愉しみなされ
豊年を祝うものなれば

山が重なり　河も複《かさ》なり　路なき路は続き
柳は暗く垂れども　花は明るく　故郷《ふるさと》はあり
簫鼓《しょうこ》の楽の音　春祭《しゅんさい》来たり
冠《かん》も飾《しょく》もない　故郷の祭り
満月昇らば　また来ておくれ
夜門《やもん》を叩かば　歓待されん』

雪柳が歌ったあの詩は、確かにすばらしいものだったがニナは若干の違和感を覚えていたのだ。

「田舎のお祭りの奥深さや懐かしさ」を表す内容だけれど、これを、「今から中央府に行こう」としているミリアドや同行者であるニナたちに聞かせるのは筋が悪い。ともすると「お前たちのような田舎者に聞かせるにはこれがお似合いだ」と取られてしまう懸念があるからだ。

もちろんミリアドがいた宴席では違う詩を歌った可能性は高いが、だとすればニナたちにこれを聞かせるというのはなおさらたちが悪い。明らかに差をつけていることになる。

もうひとつある。

雪柳はアストリッドへの謝罪で、

――アストリッドさん、不愉快な思いをさせてしまって大変失礼いたしましたわ。

と言った。だけれどこれは「自分の過ちを認めた」とは言っていないのだ。

ただの言葉遊びかもしれないが、これから中央府に向かう真円女君の候補者が口にしたというのであれば話が違う。彼女たちの誰かがこの国のトップになるのだ。ちょっとした言い回しひとつとっても慎重にならなければならない。

そう思うと、雪柳の振る舞いはひとつひとつが計算されたものかもしれない――。

「……考え過ぎ、でしょうか？」

食事の場に戻ったニナは、雪柳がきらきらとした目でエミリに魔法の話をせがんでおり、エミリが得意げに魔法のうんちくを語っている現場を見たのだった。雪柳はニナよりも年下の少女で、12歳とか13歳くらいだろう。そんな少女に政治の駆け引きができるだろうか？　大体、真円女君の候補者として選出されるまではふつうの少女として暮らしていたはずだし。

「エミリさん、お呼びですか？」

にこやかにニナはエミリたちの待つテーブルへと向かったのだった。


雪柳のおかげで中央府まで煩わしいことが少なくて済んだのは間違いがなかった。

だけれどそれも、中央府に着くまでだった。

大陸でも屈指の大国であるノストの中央府は、長い長い歴史で緩やかに、しかし着実に巨大になっていた。街道のはるか彼方から、中央府を囲う城壁は見えていた。

「すごい……端が見えません」

平地のど真ん中にある中央府の城壁は、左右どちらもその先は霞んで見えないほどだった。

石畳の街道はこれまでで最も丁寧に整備されており馬車の車輪がまったくガタつかない。

広い街道は4台の馬車でもすれ違えるほどなのだが——その向こう、城壁の前に展開している兵士は到底この街道では収まらなかった。

その数、1万を超えている。

真円女君を示す完璧な円と鳳凰の旗がいくつも掲げられており、これは中央府の軍隊であることを示していた。先頭を、金糸で飾られた鎧を纏った将軍が、馬に乗ってやってくる。

「『五賢人』ミリアド様とお見受けする!!」

2メートルは優に超える恵まれた体軀から発せられる声は、100メートル以上離れているのにはっきりと聞こえた。御者台に座るミリアドは途端にイヤな顔をしてちらりと雪柳を見る——雪柳は御者台でエミリにべったりだった——のだが、雪柳は「申し訳ありません」と目を伏せて首を横に振るのだった。ここまで来ると打つ手がないということだろう。

ミリアドはぎりぎりまで将軍に近づいてから、馬車を停め、「いかにもミリアドである」と言った。将軍はひらりと馬から降りた。この巨軀であるというのに着地したときの音が聞こえないのはさすがの体幹だ。

「ひえ〜……すごいね、これは」

馬車の内部から顔を出したアストリッドはため息交じりに言う。たった2台の馬車を待ち構えるには明らかなまでに過剰な人員数だ。「なにかの軍の演習かな」と思いたかったが、将軍がその場で石畳に片膝を突いたのを見てこれはミリアドを迎えに来たのだと確信に至る。

「ミリアド様。我らが天子たる真円女君より、大陸の至宝たる賢人を出迎えるよう仰せつかりました」

「……わかった。案内せよ」

ここまでされて「要らん」と言うこともできないミリアドはますます不機嫌になりながら応じた。

将軍が立ち上がり、右手をバッと挙げると、ドンドンドンドンと太鼓が打ち鳴らされ、万を超える兵士たちが統率された動きで道を空ける。

「まるで海を割ったモーゼねぇ……」

ぽつりとエミリがつぶやいたが、それに共感できる人はここにはいない。

将軍が再度馬にまたがると、それに先導されて2台の馬車が続いた。よくよく見ると、城門付近には大量の馬車が停まっていた。兵士たちによって通行を禁止されていたのだろう――すべてはミリアドを出迎えるために。

ミリアドのすごさを、「五賢人」のすごさをニナは知っていたのだが、これほどの権勢を示されたことは初めてだった。なにかおしゃべりできる雰囲気ではない。

粛々と進んでいく2台の馬車を、待たされていた馬車の人たちがじろじろと見てくる。

「――誰だい、ありゃ？　モンスターを手懐けてるじゃあないか」

「――真円女君の候補者かと思ったけども、天子様のお出迎えに匹敵するほどだよなあ」

「――他国の使者かい？」

ざわざわを聞きながら城門をくぐっていくと、ジャーンジャーンと今度は銅鑼《どら》が鳴らされた。続いてパンパンパンパンッという花火が上空に上がる。昼の花火なので単に音が鳴って火花とともに煙がなびくだけだが、効果は絶大だった。

「――おおっ、なにが始まるんだい？」

「――ありゃあ金象将軍じゃないか！　お連れしてるのは誰だ」

「――今日は祭りじゃねえよなあ」

我先にと大通りに人々がやってきたのだ。ただでさえ中央府の大通りは混んでいるというのに混み合い度合いはさらに増す。

「――ええい、どけどけっ」

「――馬に轢かれたくなくばどけっ」

先触れの兵士たちが道を空けさせるのだが、人を無理やり退かせるくらいなら出迎えなどするなという目でミリアドが先に行く将軍――金象将軍と呼ばれていた将軍の背をにらみつけるが、将軍は振り返らない。

ちょっとしたお祭り騒ぎだけならしょうがない……とニナは思ったのだが、それは最初の数分だけのことだった。

まさかこの騒ぎが2時間も続くことになるとは。

それほど中央府は広く、人の混雑がすさまじいのだ。

どんどんミリアドの顔は彫像のごとく強ばっていき、ついにはあらゆる感情が消え失せた。

そんな一行が向かったのは、中央府のさらに中枢にある、官庁街だ。建物が3階建てや5階建てのものがちらほら出始め、それらは石造りなので非常に目立つ。

不意に現れるのが広大な石畳の広場で、広いというのに露店の類は一切ない。人々が突っ切っているだけの広場だった。広場に面して朱色に塗られた城壁があった。

「ミリアド様、真円女君が朱環城でお待ちでございます。下車のほどお願い申し上げます」

金象将軍は馬から降りると馬車を停める。ここからは下りていかねばならないらしい。

「ああ、お連れの方々はここまでです。我らが天子たる真円女君のおわす朱環城にはミリアド様だけをお通しする許可が出ているので」

「え、じゃああたしたちはどうしたらいいの？」

先に馬から降りたエミリがたずねると、

「幸い全員が女だからな、真円女君の候補者が集まる宿舎のひとつを貸そう」

「まあ！　わたくしはまだお姉様といっしょにいられるのですね？」

喜ぶ雪柳に、金象将軍は怪訝な顔をするが、彼女が候補者だと知ると納得したようだった。そんな将軍はエミリに、

「千を超える候補者がいるとは言え、その誰が次代のノストを担うのかは誰にもわからぬ。候補者ひとりひとりが貴き御方であると心得、失礼のないように振る舞うのだぞ」

と念を押す。

「いや、それならあたしたちはその辺の宿にするんだけど……」

「お姉様はミリアド様のお弟子なのですわ！　そのような物言いこそ失礼です！」

なぜか雪柳が言い返した。金象将軍はエミリがミリアドの「弟子」であることを知らなかったのか、あるいは雪柳がやたらと外国人のエミリの肩を持つのが不思議なのか、目を瞬いたが、そのままミリアドを先導して朱環城へと向かった。

「――ニナ、皆を頼む」

「かしこまりました。ミリアド様」

ミリアドに言われ、返事をしつつニナは頭を下げるのだった。


候補者の宿舎、というのは一風変わった造りになっていた。

円楼《えんろう》、と呼ばれるそれは直径70メートルほどの巨大な円形の建物で、中央にはぽっかりとした空間があった。

外側には窓や進入口が少なく、外敵の侵入を防ぐのに優れている。3階建ての石造りで、ここに400人ほどが住めるという。そんな円楼が3つも4つも並んでいるが、ここはまだ半分ほどしか部屋が使われていないらしい。

「うわ……華やかだねえ」

思わずアストリッドがうなったのは、狭い入口を通り抜け、中央の空間――中庭に出たときだった。

広々とした空間には井戸があり、洗い場と干し場があり、10代前半から後半までの少女たちが数十人と集まっていたのだった。

円楼の内側に向けては窓も戸も大きく開かれていて、そこにも色とりどりの布《きれ》が干してある。お祭り会場のような華やかさだった。

「お姉様！　同じ部屋にしましょう！」

「さすがにそれはダメでしょ……っていうかよく考えたら、雪柳は他の候補者と交流しなきゃじゃないの？　あたしたちについてばっかりじゃ、困るでしょ」

「そんなことありませんわ。なにせお姉様は『五賢人』ミリアド様のお弟子ですもの！」

そう、雪柳が言ったときだった。

ぴたり、と——会話が止まったように感じられた。それはほんの一瞬の静寂だったかもしれないが、明らかに彼女たちは——ここにいる候補者の少女たちは、意識した。

冒険者然とした外国の少女を。

かの有名な「五賢人」のひとり、魔塔の主にして世界最高峰の魔法の使い手であるミリアドの弟子なのだと——。

「……雪柳くん、そういう言葉を外で言ってはいけないよ」

「これは……ちょっとマズいかもしれませんね」

アストリッドとニナは危険を感じ取り、

「臭いのです」

ティエンは香水のニオイに鼻をつまみ、

「も、申し訳ありませんわ。お姉様のすばらしさに、ついつい口が滑ってしまい……」

雪柳は肩をすくめ、

「ん？　なになに、どうしたん？」

当の本人である冒険者然とした外国の少女はよくわかっていなかった。


中央府は人の手によって作られた都市である。

年々増える人口から、これだけ広くとも徐々に人が住める場所は減っている。さらには大河からも遠いという地理上の問題で慢性的な水不足に苦しんでいる街でもある。

ここでアストリッドならば「水系統の魔術を使うか、雨水を濾過する装置を作って……」と大規模魔術による発明を考えるのだけれど、中央府のスタンスは「節水」する、だった。

１００年を超える以前に決断された「節水」方針で、人々は暮らし方を学んだ。水を使わない調理法、洗い物が少なく済むやり方、着続けてもニオイを抑えられる衣服、泥が跳ねないように石畳で地面を覆うこと。一方、お金を持っている中央府の高官は中央府を出て湖畔や河畔に行くことを楽しんでいたが。

運び込まれる食料の価格にも影響した。酒や果物の類は値上がりが激しく、「水売り」という商売が成立した。

そんな中央府だからこそ――そのど真ん中で、これほど豊かな緑があるというのは破格の贅沢だった。窓の外は木々が見えており、植え込みには季節の花が咲いている。これは以前ニナたちが訪れたユピテル帝国の皇宮でも同じようなことが起きていた。帝国は土地が痩せているという問題があり、根本の原因はすこし違うのだが。

「……気が利いているな」

静かな部屋に案内されたミリアドは満足していた。すでに日は暮れており、室内はロウソクの明かりだけだった。

「茶も美味い」

「……恐れ入ります」

広々とした部屋に、ミリアドと使用人――メイドの役割ではあったが、メイド服を着ていないので使用人と呼ぶしかない――しかいなかった。

「だがもう世話はよい。下がってくれ」

「かしこまりました」

使用人が下がるとミリアドはひとりになった。少々身体が疲れているのを感じる。「五賢人」の集まる「賢人会議」に出席するため、魔塔を出てからかれこれ2か月ほど経っている。あの、混沌として、魔法の研究だけをしていればよかった魔塔がこれほど懐かしいとは。あの場にいれば魔法に理解がない者たちからちょっかいを出されずに時間を浪費することもない。ミリアドは、「五賢人」に近づこうとあの手この手を使ってくる人々に辟易していた。

「――ミリアド様、少々よろしいでしょうか」

「ああ」

入ってきたのは金象将軍だった。鎧はさすがに脱いでおり、ゆったりとしてはいるが上質な布を織った着物を羽織っている。この巨体を覆うのに使う布の量は通常の倍はあるだろう。

先ほどは兜をかぶっていたからわからなかったが、金象将軍は長い髪を後ろになでつけていた。油でてかりがある。歴戦の猛者たる将軍の彫りの深い顔には、細かい傷痕がいくつもあった。

「長旅に大変お疲れでいらっしゃるとは存じますが……」

「よい。むしろ、宴会なんぞが開かれず安堵しているところだ」

「ミリアド様のもてなしは最小にするべし、とは真円女君のご意向でございます」

「ほう……。以前会ったのは、真円女君が就任してから2年のときだったか。よく私の趣味を覚えていたな」

ミリアドは魔塔に閉じこもっているだけではなく、必要なときには遠出をすることもあった。今の真円女君が10代のころに会っている。

「はい。ミリアド様が変わらずいらっしゃり、私もうれしゅうございます」

金象将軍が巨体を折って頭を垂れる。

「真円女君も変わらぬか」

「それは明日《みようにち》、直接その目でご確認くださいませ」

そう言う金象将軍は誇らしげだ。真円女君に忠誠を誓っているのが伝わってくる。

「今代の真円女君は変化を好まぬ人物だったな」

「……すばらしい御方です。ノストはますます発展いたしました」

「いくつかの問題はあったが、な」

「………」

含みを持たせた言い方だったが、金象将軍はなにも答えない。

変化を好まない、というのは良くも悪くも聞こえる。金象将軍の言ったとおり、ノストが順調に繁栄しているのならばいいのだけれど、停滞することも十分あり得る。停滞した結果、「いくつかの問題」があったことは遠い魔塔にいたミリアドの耳にも届いている。

もちろん、ノストを改革しようとするならそれもまた一朝一夕にはうまくいかない。過去に、改革に挑戦しては失敗していった真円女君は多い。

「それで、将軍はなんの用で私を訪問した？　私が他愛のない会話を楽しむ性質《たち》ではないとわかっているだろう？　将軍のチャクラを調べさせてくれるのであれば有意義な時間となろうが」

ノストという国は極めて独自の文化を持っている。それは地理的にノストが他国から独立しているからとも言えるが——江戸時代の日本のように鎖国に近い状態なのだ——それでも長年、他国からの侵攻を退けてきたのは彼らがチャクラの使い手だからだ。

チャクラとは、魔力のように身体に宿っており、これを扱えるようになると筋力や回復力をアップさせるものだと言われている。

チャクラの使い方は様々な流派があり、ノストの中でだけ使われてきた。他国で使われないのは

「魔法」のほうが強いと思われているからだ。

確かに、魔法の威力はチャクラを大きく上回るのだけれど、チャクラが魔法よりもはっきりと優れている点がひとつあった。

魔法は、才能がなければ使えない。

チャクラは、修行をすれば誰でも使えるようになるのだ。

ただその修行が過酷なので他国では流行らなかったという事実もあった。

さらにはノストでは男しかチャクラを使わない——「男女の役割」を明確にしたがるノスト流の考え方だった。真円女君の候補者たちが魔法を使うのはそのせいだ。

「賢人様、チャクラについて知りたくば、まずは入門なさることです。我が金角流道場はいつでも新たな入門者を歓迎いたします」

「抜かせ。入門して何年で使い物になる？　最短でも3年と言うではないか」

「3年は天才の類です。通常8年、遅くとも15年で、誰でも使えるようになります」

「そのような時間は掛けられぬ。お前の身体を調べたほうが早い」

「ノストから出奔した者を何人もお調べになったのではありませんか？　そこでなにも発見できなければ、私を調べ、人体解剖したとてなにもわからないでしょう」

「……お前、私がなんでも解剖したがる倫理観が欠如した怪物だとでも思っているのか」

「い、いえ、そのような……」

魔塔の主、つまり奇人変人の長であるミリアドなのだから、なんでも解剖しなければ気が済まない倫理観が欠如した怪物かもしれないとはちょっとだけ思っていた金象将軍である。

「私はチャクラが魔法に、極めて似た性質を持っていると考えている。つまりだ、魔法は才ある者にしか扱えないと思われているが、ひょっとしたら誰しもが扱えるものになる可能性があるのではないか？」

「お戯れを」

絶対にない、チャクラと魔法は違う、と信じ切っている金象将軍は小さく微笑んだだけだった。

「ふむ、まぁよい。チャクラのことでなければ何用で参った」

「はっ。おたずねの、月狼族の武官に関することです」

ミリアドは眉尻を上げた。

確かに、月狼族の武官について知りたいとは伝えてあった。その武官の存在は、ニナたちがユピテル帝国のウェストハイランドという避暑地で耳にした情報だった。鱗翠《りんすい》尾長《おなが》という希少な小鳥を毎年ノストと取引しているという。そんな小鳥を受け取りに来るのが月狼族の武官だという話だった。

ミリアドは明日、真円女君と面会する予定だったので、てっきりその後に情報がもたらされると思っていたのだ——情報が、なんらかの交渉材料に使われるのだと。

「む、どうかなさいましたか」

「いや……なんでもない。それで、その武官に会わせてほしい」

「もちろん可能でございます。ですが……」

ほら、来たぞ。なにかの交渉材料だな、とミリアドが思っていると、

「今は不可能なのです」

「……どういう意味だ？」

不可能とは？　不可能ならば交渉材料にはならない。

「武官の名はレイリンと申します。我がノストにおいても高い戦闘力を持ち、職務遂行にも問題がありませんのでめきめきと頭角を現しております。レイリンが仕官したのはほんの数年前ではありますが、チャクラを使えぬ身でありながら現在は部隊長レベルのポジションが与えられております」

「前置きが長いな。それで、なんなのだ」

「はっ。あくまでも我らはレイリンを買っており、今からお話しすることは彼に対してなんら含みのない、通常の辞令であったことを先にお伝えしたかったのです。実は、レイリンは今――」

そうして金象将軍は話したのだった。


これはマズいかもしれない、とアストリッドは思った。

円楼に泊まった翌朝が始まりだった。早朝、中庭に集められた真円女君の候補者たちはひとりの欠けもないかどうかの確認をされ――真円女君は「処女」でなければなれないので、朝帰りするよ

うな者はまったくふさわしくないのだ――本日のスケジュールが発表される。これから地方から続々と候補者が集まってくるが、先に中央府に到着している候補者たちは己の得意な分野を磨き、一方で平等にこの国の歴史や文化、政治について学ぶ。3年に渡ってカリキュラムが組まれており、総合的な能力判断によって次の真円女君が決まるという。

めちゃくちゃ長い試験のようなものだ。朝帰りはともかく、単純に嫌気が差したり心が折れたりしてあきらめる者も多いという。

それはさておき。

候補者を集めて指示を出している女官長に、物申した候補者がいた。

――ミリアド様のお弟子様がいらっしゃるとのこと。魔法の講義を受けたいものですわ。

と。

勉強したいという気持ちでそう申し出たのか、はたまた「『五賢人』の弟子に教えてもらった」と箔をつけたいのか、あるいは「『五賢人』の弟子なんてたいしたことなかった」と後から到着する候補者たちにマウントを取りたいのかはわからなかったが、女官長は、「それもそうですね」とうなずいてしまった。

これをエミリが断ればよかったのだが、

「いいわよ」

あっさりと引き受けてしまったのである。

(講義なんてやったことないでしょ？)

とアストリッドは心配したが、案の定めちゃくちゃな講義になった。

「あー、魔法なんてイメージよ。インスピレーションからばーっと思い描いてぐわっとやれば大抵なんとかなるでしょ？」

なんて説明をするのである。

（エミリくんは「無詠唱《ノーキャスト》」で撃てるからなぁ……）

詠唱をすることで明確な魔法のイメージを築き上げるのだが、ニナのマッサージによって開眼したエミリは最近、「短縮詠唱《ショートキャスト》」や「無詠唱」を使うことが多かった。詠唱のあやふやさを魔力量によって解決しているのである。

一方で彼女のやり方は、詠唱に縛られない自由な魔法を使うことができるメリットもあって、だからこそミリアドの魔法の一部をコピーできたりもしたのだが、それは本人も無自覚のことなので説明できない。

「――ほんとうに賢人様のお弟子なのかしら」

「――怪しいわ。賢人様と言えば叡智の結晶のような方のはず」

ひそひそ話が聞こえてくる。

なんと、すべての候補者たちがエミリの講義を聴きたいというので――魔法が使えない者も多いのだが――中庭は青空教室へと姿を変えていた。

黒板を前にエミリが、200人の少女たちに説明をしているが、さすがにうさんくさそうな目で見る少女が出てきた。

「――見て、あそこの女。発明家じゃない？　発明なんて男の仕事でしょう」

「――ほんとうですわ。ミリアド様がこのような者を連れていらっしゃるなんて……なんと言って取り入ったのかしら」

今度はまたもアストリッドにまで非難の矛先が向いてきた。

（聞こえてるんだよなぁ……）

別にアストリッドの耳がいいわけではなく、露骨に視線を向け、聞こえよがしに話しているのだ――彼女たちはアストリッドをはっきりと牽制しているのである。

（止めて欲しいなぁ……）

あーだこーだ言われるのがイヤなのではなく、

「……ちょっと、そこの女子。なに言ったの？」

黒板の前のエミリが今陰口を言った少女たちをにらみつけた。

（こういうことになっちゃうからなんだよなぁ……！）

トラブルは避けたいのにエミリが果敢に突っ込んで行ってしまうのでちょっと泣きたいアストリッドである。

「アストリッドをバカにするヤツらがバカなのです」

ティエンまで腕をぶんぶん振りながら立ち上がっている。

こんなに血気盛んなパーティーだったっけ、と思っているアストリッドと、

「………………」

にこやかに、静かに怒りをたぎらせているニナもいる。

どうしよう。

いやほんとどうしよう……。

「――お静かに！」

そこへ女官長が手を鳴らして間に入った。ナイス、女官長！　と心で拍手を送るアストリッドである。

「こちらのエミリさんがミリアド様のお弟子様なのかどうかは私も大変疑問ですが――」

ん？

「陰口を言うのは淑女として正しい姿ではありませんわ。正々堂々と戦えばよろしい」

んん？

「エミリさん、彼女たちを納得させるために、魔法の腕を見せていただけませんこと？」

んんん？

アストリッドは思わず声を上げる。

「ちょっと待って待って。どうしてそうなるのかなぁ？　女官長、講義を依頼してきたのはあなたですよね？」

「いいわよ！」

エミリがさっさと了解してしまうのでアストリッドは頭を抱えた。

「そのほうが話が早いじゃない――それに、アストリッ……じゃなかった、発明をバカにする連中には魔法の奥深さを教えてやらなきゃ」

エミリはやる気満々だ。

ふう……アストリッドは息を吐いた。空は青く広がっている。秋は短く、すでに冬の足音が聞こえていた。そこを鳥が数羽飛んでいった。

なんて――現実逃避をしていても目の前で起きていることは変わらない。

「――えっ、なんですのあの魔法は!? 両手でひとつずつ別の魔法を発動するなんて!?」

「――3つ以上もできる？ そんなバカなことが……あっ、ほ、ほんとうですわ！ 見てくださいまし、3つの火の玉が浮かんでいます！」

「――た、たまたま特別な魔法をミリアド様から教わっただけでしょう？ 曲芸のような魔法を見せられても威力がたかが知れて……あああっ、3つの火の玉が合わさって巨大な炎に!?」

「――繊細さ！ そう、繊細さが欠けていますの！ 淑女の使う魔法は優雅でなければなりませんもの！ ――えっ。炎が鳳凰の形に変化して……空を飛んでいきますわーっ！」

エミリの放った炎の魔法は空へと羽ばたいていくと、のんびり飛んでいた鳥たちをあわてさせた。

「とまあ、これが入門編ね」

エミリが言うと、

「入門編!?」

女官長が目を剥いて、

「火、水、土、風と4種類をやるのよ」

「４属性!?」

「その次は応用編ね」

「ちなみにアストリッドは、今の魔法を魔術として設計できるわ」

「応用編!?」

「設計!?」

エミリに注目していた少女たちは一斉にアストリッドを見た。２００対の瞳に射抜かれ、アストリッドは冷や汗が噴き出す。

これはマズいかもしれない、とアストリッドは思った。


「……なんの騒ぎだこれは」

男子禁制の円楼だったが、賓客であるミリアドは特別に中庭までの入場を許されていた。もちろん、女性の衛兵ががっちりと前後左右を固めているのだが。

そんなミリアドが中庭で目にしたのは、

「お姉様！　この魔法はどうすればいいのですか!?」

「お姉様ぁ！　うまくふたつめの魔法が出ませんことよ」

「お姉様！　発明のお話、聞きたいですわ！」

エミリに大量に少女が群がり、そしてなぜかアストリッドも囲まれているという光景だった。

「あ、ミリアド様」

「ニナ……どういうことか説明してくれ」

ミリアドが来たというのに気づかれていない。監督しているはずの女官長もいちばん近くでエミリに魔法の手ほどきを受けているという状況である。

「ええと、その――……」

苦笑しながらニナは言った。

「エミリさんが、とってもすごい、ということでしょうか」

「…………」

目をつぶったミリアドは天を仰ぎ、

「……ニナよ、お前だけに目配せしておけばいいのかと思っていたが、エミリにも注意が必要であったか。いや、わかっている。私の魔法を勝手に使ったことから、ヤツが危険であることは知っていたのだ。なのに、放っておいたのは私の手落ちだ」

「ミ、ミリアド様……？」

「ともかく――ティエン、お前に話がある」

ミリアドはティエンを見やった。

「チィ？」

自分に話が振られるとは思わずティエンが目を瞬いていると、

「月狼族の武官レイリンの居場所がわかった。北1州、この国の最北端の地にいる。モンスターの討伐任務に当たっているとのことだ」

「！」

「非常に危険な場所だということだが、もし行くのなら冬が本格化する前に急ぐ必要がある。通行許可証をもらってきたが——行くか？」

ミリアドが差し出した巻物を、ティエンは躊躇せず受け取った。

「……ありがとうなのです」

「礼には及ばぬ」

「あの、もしやミリアド様はいらっしゃらないのですか」

ニナの問いにミリアドは難しい顔をした。

「そうだ。お前たち4人だけで行かせるのは不本意だが……ほんとうに、心底不本意だが……真円女君に頼まれた仕事がいくつかあってな。さすがに断れん」

長々とため息を吐いたあと、ミリアドはニナの肩をがっしとつかんだ。

「……ニナ、くれぐれも目立つことをするなよ？」

「は、はい」

「いいか、くれぐれも、だぞ？」

「わ、わかりましたっ」

「……頼むぞ」

まったく信用していない顔でミリアドは言った。

「ティエン、なにがあってもニナを守れ」

「？　そんなの当然なのです」

「うむ。後は……」

ミリアドはちらりとエミリとアストリッドを見た。困り果てているアストリッドと比べて、エミリは頼りにされてうれしそうだった。

「いい？　こうやって魔法を発動させると――」

エミリが水の球を浮かべて頭の上に掲げた瞬間、パチン、とミリアドは指を鳴らした。

「――えっ、ぎゃあああ!?　冷たっ！」

魔法の制御が崩れて水の球は崩壊し、エミリの頭へと降り注いだのだった。

「ちょっ、なにすん――ミリアド様!?」

このときようやく全員がミリアドの来訪に気づいた。

「……弟子よ。魔法を見せ物のように使えと教えた記憶はないがな？」

ちょいちょいとニナを指差したミリアドは、「目立たないようにしろってふだん言っているのはお前だろう」という意味を醸し出していた。

「は、はひ……すみません……」

この後エミリはこってり叱られた。

ミリアドが持ち帰った情報によると、レイリンははるか北方に赴任しているために今は中央府にはいないということだった。中央府にいる可能性はそこまで高くはないと思っていたし、レイリンの居場所がはっきりしたことは大いなる進歩だったので、ニナたちは早速北方へと向かう準備を始めた——その日の、夜だった。

「……つまり、エミリお姉様は中央府を離れて北へ向かうということなの?」

部屋の明かりはたった2台の燭台だけであり、風の吹かない密閉された部屋で、小さな炎が健気に明かりを放っていた。

少女の声は、氷塊を皿に滑らせたように冷たい響きを持っていた。

「は、はい……レイリンという名の武官がどこに所属しているか、そして現在地はどこかについて、金象将軍が調べたあとにミリアド様と面会しています……」

広い部屋だった。それゆえに光は部屋をすべて照らすことはできず、テーブルと、そこに載せられた杯が輪郭を持って浮かび上がっていた。美しい杯だ。天然の水晶から削り出して作られた逸品であり、その縁には紅がついていた。

「何者なの、そのレイリンという武官は」

光は、白く滑らかな足を闇に浮かび上がらせていた。靴だけでなくなにも身につけていないその足は、傷どころか染みひとつない白さで、足の甲にうっすらと静脈の青さがあった。爪のひとつひとつも磨かれ、完璧な形を保っている。

「げ、月狼族の武官です。どの派閥にも属さず、ただひたすら任務を遂行するだけの蟻でございます」

「蟻」とは「働き蟻」のことで、「黙々と仕事をこなすだけの者」を意味する中央府官僚の間で使われる悪口のようなものだった。

白い足が動いてひょい、ひょい、と2回空を切ったが、3回目には男の頭に載せられた。柔らかく踏みつけ、なでるように回されると、「あ、ありがとうございます！」という声が上がる。男はその場にうずくまっていた。もう、かれこれ1時間ほどは。

ここにいる男はひとりだけではなかった。その横に別の男が、さらに横には別の男がおり、5人ほどの男が少女を中心に扇形に並んでいた。

「ではエミリお姉様は北に行かれると……？　その月狼族に会いに？」

「そのとおりでございます。月狼族ティエンが我が国へ入国前から月狼族を捜していたようであり、目的は同朋に会うことで間違いないかと」

別の男が前のめり気味に答えたが、

「ふうん……」

少女の足は先ほどの男の頭をぐしぐしと踏んだままで、それを他の男たちはうらやましそうに、血走った目で見ている。

「エミリお姉様の力は絶対に必要なの……わかる？」

少女の声に、男たちは応える。

「もちろんです」

このときばかりは一糸乱れぬ応答だった。

「まずはわたくしが北に向かえるように知恵を絞りなさい」

「もちろんです」

すると少女は、紅を引いた唇をねじ曲げてニィと笑った。

か細い明かりに照らされた少女、雪柳は、その華奢な肉体と幼い顔立ちからは想像もできないほどに大人びた声で言ったのだった。

「わたくしをガッカリさせないでね……?」

男たちはうずくまったまますずずと1メートルほど下がると立ち上がり、我先にと部屋を飛び出していった。

第2章 ずっと変わらない村と変わりたくてたまらない少女

石畳の街道ははるか北方にまで続いている――。

中央府にやってきたかと思うと、今度は北へと向けて進む馬車にニナたちは乗り込んでいた。

「ニナ……ごめんなのです。ニナは師匠に会いたいのに、チィのために寄り道してくれて」

「いいんですよ。わたしの師匠はユピテル帝国から幽々夜国までに掛かる日数も考えていたと思いますし、その長い旅程を思えば、何日か寄り道したとしても大きく変わりませんから」

「ありがとう……」

「それより、レイリンさんに会えるといいですね」

「ん」

ティエンは月狼族という種族であり、頭の上にぴょこんと出ているオオカミのような耳と、腕や足を覆う体毛が見た目の特徴だった。鼻が利き、さらには信じられないくらいの力持ちである。そのぶん、すぐにお腹が空く。

月狼族は見た目からして変わっているので目立つのだけれど、数が少ないので目撃情報は少ない。数が少ないと言うことは裏を返すと種族内のネットワークがあるはずで、ティエンは自分の両親に会うために月狼族を片っ端から捜している。

　レイリンという名前は聞いたことがなかったが、確実に月狼族なので、ティエンとしては早く会いたいような、会って話を聞くのが怖いような――自分が両親と離ればなれになった理由を聞くのが怖いような、そんな複雑な感情のようだった。

「もうちょっと行くと小さな村があるようだよ。そこで泊めてもらおうか？　野営よりはいいだろうし」

　御者台にいるアストリッドが言うと、

「そうねー、まぁ、ニナがいるならどこでもいいけどねー」

「……エミリくん、中央府を出てからなんか適当になってないかい？　そんなに女の子に囲まれていたのが楽しかった？」

「は、はぁ!?　そ、そんなわけないじゃん！　ただ……ちやほやされるのって悪くないなって……」

「あー」

「なにが『あー』なのよ、アストリッド」

「確かに君はすばらしい才能を持った魔導士だけれど、今まで冒険者ギルドでは正当に評価されてこなかったし、ようやく才能が開花したと思ったら旅の空だもんね。『ちやほやされたい』かぁ……わかるわかる」

「くっ、その訳知り顔が腹立つわ……でもそのとおりだからなにも言えない！」

「エミリくんは素直でいい子だ。よしよし」

アストリッドがエミリの背中をなでようとするとエミリがぱしっとはねのけていた。

「――おや、河だよ。ニナくん、河が見える！」

日が傾き始めたときだった。西側の視界が開けると、茶色の大地の向こうに巨大な河が姿を現した。

対岸がうっすらとしか見えないほどのこの河は、ちょうど台地になっている街道から100メートルほど先を悠々と流れている。

「わあ……」

ニナとティエンも御者台へ身を乗り出した。

馬車で進めど進めど、変わらないような景色だった。ゆっくりゆっくり日が傾き、茜色を増していくと河にもその光が映じて煌めく。一時、ニナたちは言葉を忘れてその雄大な光景に見入ってしまった。


悠久に流れる河――そんな意味なのだろうか、悠河《ゆうが》という名の河だった。

その河のほとりにある村に着いたのは日が沈むぎりぎりという時間帯。ほこりっぽく、ひなびた宿はガラガラで4人部屋を簡単に押さえることができた。

「河を眺めながらやる一杯は最高だよ」

という宿の主人の言葉にふらふらと釣られたのは言うまでもなくアストリッドとエミリで、2階のバルコニーに食卓を出してもらい、そこで食事となった。

小さなテーブルは料理でいっぱいだった。出された料理は、これまでに食べてきた料理ほど豪勢でもなければ品数も少なかったけれど、それでも温かみがあった。

一度揚げたフナを、数々の香草から取った出汁で煮込んだもの。フナは他にも、内臓の塩漬けなど他では食べられないものが出てきたが、それらは玄人《くろうと》好みの味わいだった。

シンプルにニワトリの唐揚げ——ただし、ぶった切ってるだけなので骨も足もついている。足はモミジとも呼ばれる部位で、食べられる肉が少しだけついている。

干した豆腐は箸休めにちょうどいい。

そしてニナが注目したのは野菜のスープだった。

「……とても優しい味わいです、このスープ」

ニナが言うと、夜は冷え込むからと火鉢を用意していた店の主人はうれしそうに笑った。

「そうだろ。このあたりじゃ、湯《タン》……スープをよく飲むんだ。朝も、昼も、スープだ」

「朝もですか」

「もちろん。アンタたち、中央府から来たんだっけ？　期待しててくんな。中央府だって滅多にお目に掛かれない湯を出してやる」

「！」

ニナの目がきらりと光った。

ノストの国土は広く、ニナがこれまで食べたり聞きかじったりした「ノスト料理」は限られていた。ここにあるフナの料理などは聞いたことがあったし、いくつも調理法を知っている。川魚を代表しているだけあってノストだけでなく各国で独自の食べ方があるのだ。ただノスト料理で食べるのは初めてだし、使われている出汁だってノストの地方によってきっと違うはずだ。

実際に旅に出てみないとわからないことはほんとうに多い。

「しかしすばらしい眺めですね」

白酒をちびりと飲みながらアストリッドは言った。

この村は台地にあって、悠河を見下ろすような位置にある。見える視界の多くを占める雄大な河。時が止まったようにすら感じられる。

「なんもない村だけどね、この河と、鐘楼だけが自慢でね」

「鐘楼？」

「ああ、お嬢さんたちは着いたばかりでまだ見ていないかね。明日見てみるといい、この村の自慢だから」

自慢、という言葉を強調して主人は言った。

「この河も……氾濫さえしなけりゃいい河なんだがねえ」

「氾濫するんですか」

「そりゃあ、するさ。氾濫しない河なんて河じゃあない。だけどこの村は高い位置にあるだろ？だから無事なんだ。もちろん離れた場所の豆畑なんかは全部流されちまうけどさ」

治水、という言葉がアストリッドの脳裏をよぎったが、これほどの規模になると治水の方法も思いつかない。

「氾濫する河のそばで暮らすなんて、危険じゃ……ありませんか？」

「危険だけどさ、綺麗さっぱり流されたあとの畑は、不思議なことによく豆が実るんだ。天子様がその豆を食って、ピンチを乗り越えろと言ってるような気がするよ」

「なるほど……」

「おじさん、ここから西に行くのに悠河を渡りたいんだけど……その場合は中央府まで戻るか、ずっと北まで行かないと渡る方法がないよね？」

そこへエミリが割って入った。

ニナの師匠、ヴァシリアーチが待っているはずの幽々夜国は西5州の内部にあった。悠河はあまりに大きいので、渡れる場所は限られていた。

「そうだなぁ。北にゃ、大きな大きな中州があるから向こうに渡れるな。中央府方面だとでっかい客船を使ってるって話だが、あいにく見たことはねえ」

「ここで渡し船はしないの？　この辺で渡れたらかなりショートカットになんだけど」

エミリが地図を出して見せると、確かに村から悠河を渡れれば、西の大都市に近い。

すると主人はきょとんとして、

「はっはっは。この悠河を村の小舟で渡ろうってのかい？　無理だぜ、流れが読めねえ場所があったり、渦を巻いたりしてやがるんだ。ここじゃあ、せいぜいフナを獲るくらいさ」

「それじゃ、橋を架けたら？」

「あっはっはっは！　それこそむちゃくちゃだ。渡れねえ河に橋なんて掛けられっこねえし、よしんば掛けたとしても河が氾濫したら流されちまう」

「ふむー、なるほどねぇ……」

エミリが腕組みすると、アストリッドがふと思いついた。

「……氾濫して流される前提の橋を架けたらどうだろうか？　橋脚だけしっかりしたものを打っておいて、そこに浮動式の橋桁を置く。川が氾濫すると橋桁は流れるが、橋脚は残る……」

「ああ、『流れ橋』ね」

「エミリくん、知っているのかい？」

「え⁉　あー、そ、そうだね、なんで知ってるんだっけなあ？」

あははは一と笑いながら白酒をぐびっと呷っている。

「お嬢さんは勉強家なんだねえ。まあ、言いたいことはわかるよ、この村から西に渡れたら便利。そりゃあ、誰だって一度は考えるこった。だけどな……そんな橋があったって何日か早く渡れるってだけだろう？　焦らず行けばいいじゃねえか。すべての道は中央府に通じてるんだからさ」

主人は言う。

「そう……ですか」

「ああ。それに橋を架けちゃあ、魚だって驚くだろう。フナにそっぽを向かれたらウチで出す料理がなくなっちまう」

はっはっは、と笑いながら主人は去っていった。

「……何日か早く渡れることは大事だと思うのだけれど。1日早く薬を届けられれば救える命があるかもしれないじゃないか」

アストリッドが言うと、ニナは、

「先ほどご主人は、河が氾濫することを受け入れていらっしゃるようでした。命が、天によって与えられ、生かされていると思ってらっしゃるのかもしれませんね」

「でもさ、ここに橋が架かればすごくこの村は発展すると思うんだ。地理的にも交通の要所になるだろうし」

「……それすらも望んではいない、ということでしょうか？　ノストに入国してから思っていましたが、皆さん、とても楽しそうにしてらっしゃいますよね。裕福であるとか、貧しいとか、そういうことを気にせずに楽しく暮らしているように感じられました。どれほどお金があったとしても、他の人と比べて自分をダメだと考えたり、他の人の目を気にして暮らさなければいけないのであれば、それは幸せではけっしてなくって……」

「……それは発明がなくともいいということ？」

「え!?　い、いいえ、そういうわけでは」

「ごめん、ふてくされて言っているわけではないんだ。この国は不自由だけれど、幸せなんだなって思っただけさ」

「不自由だけれど、幸せ……」

「女に発明をする自由はない。難病に罹ったときに治せる薬はない。でも、その不自由さを受け入れれば、幸せに生きていくことができる」

「まー、この国はある意味鎖国してるからねえ」

　エミリが口を挟む。

「ユピテル帝国の首都や、アストリッドのいたフレヤ王国を見たら考えが変わるかもしれないんじゃない？」

「変わるかもしれないし、『やっぱりノストのほうがいい』と思うかもしれないね。ただ、それを知る自由はない、か……」

　アストリッドが悠河に視線を移したので、ニナも、エミリも自然とそちらを見やった。

　いつしか日は沈んでいた。黒々とした川面をさらして悠々と流れる河はきっと、何千年もの昔から同じように流れてきたのだろう。あらゆるものを飲み込み、ゆったりと押し流していく。それを人の手で止める術《すべ》はない。時が止まったような光景はこの国を象徴しているようにニナには感じられるのだった。

「……そんなことよりみんな食べないのですか？　冷めちゃうのです」

「あ」

　ティエンに言われて、ニナたちは目の前の「幸せ」を逃しつつあることに気づいたのだった。


　朝食に出たスープは、茸の出汁が出ているシンプルなスープだったが、薄くのばした小麦粉を柔らかく焼いた餅が入っていた。不翻湯《プーファンタン》という名のそれは、この薄くのばした餅がポイントだという。


「しみる……」

「しみるねぇ……」

昨晩遅くまで白酒を痛飲していたエミリとアストリッドは不翻湯に震えるほど感動していたが、それをティエンが冷ややかな目で見ていたのだった。ティエンはスープだけでなくおかゆと、揚げパンまでもりもりと食べていた。

「北に行くと湯は辛くなるぜ」

食事が好評なのを喜んだ主人は言った。いろいろとニナが質問をすると機嫌良く返してくれる。料理に興味を持ってもらったことがうれしいらしい。

「わぁ、外は寒いですねぇ」

せっかくこの村の「自慢」だというので出立前に鐘楼を見に行こうということになったが、中央府から北へ移動したせいか、朝の外気は冷え込んでいた。日中は気温が上がるだろうけれど、今は吐く息が白い。

「お嬢さんたち、この坂道をのぼっていくんだ」

宿の主人は宿泊客がニナたち以外にいないので、どうせヒマだからと鐘楼まで案内してくれた。

台地になっている村のなかでもいちばん高いところに鐘楼はあった。

きれいにカットされた石材で土台が組まれていて、４本の支柱がそそり立ち、黒光りする瓦屋根の下に巨大な鐘がぶら下がっている。

　地方の寒村という雰囲気の村にあって、この鐘楼だけはやたら立派だった。宿の主人が得意げに語ることには、何代か前の真円女君に納めた鐘のレプリカらしい。この鐘を作った村は過疎のために廃村となったが、その子孫とこの村の住人が協力して鐘を運んできたという。

「どうだ、すごいだろう！　この鐘の音と同じ音を真円女君は毎日お聞きになっているんだ」

「村では鐘をいつ鳴らすんだい？　昨晩から一度も聞いていないけど」

　アストリッドが聞くと、

「鳴らすわけがないさ。俺たちが勝手に鐘を撞《つ》いたら真円女君に申し訳ないだろう？」

　同じ音を真円女君が聞いているといっても、鳴らさないのならばどんな音なのかわからない。鳴らすのは申し訳ないという。そもそもこの鐘はこの村となんの関係もないもの……。

「あー……な、なるほど」

　アストリッドが返答に困っていると、

「まーだ大人はそんなつまんねえこと言ってんのか」

　甲高い声が聞こえてきた。

「こんななんもない村で鐘だけ自慢したってしょうがねーじゃん！　こんな鐘売り払って牛の1頭でも買ったほうが村のためになるってーんだよ！」

「て、てめえ、嵐槐《らんかい》！　お客さんの前でなんてことを！　真円女君がご所望の鐘と同じなんだぞ、売るなんて口にしたら罰《ばち》が当たらぁ」

「ほんとうのことを言って罰が当たるってんなら、オレはいくらでも当たってやるさ。べぇ！」

嵐槐、と呼ばれた子どもは、ひょろりとした美形だった。年の頃は12歳とかそこらだろうが、痩せているせいか、目つきのせいか、きつい印象を受ける。長い髪を頭の上で無造作に縛ってお団子にしてあるが、あちこちからほつれた毛が跳ねていたし、ほこりをかぶっていた。首から提げた紐の先には、石を削り出した飾りがぶら下がっており、装飾品というよりはなにか別の意味を持っていそうだった。

あかんべえをしてから細い手足を振り回してふざけた踊りを始めると、宿の主人は顔を真っ赤にした。

「嵐槐！　てめえんとこのばあさまが頭下げてっから大目に見てもらってるものの……」

「ばーかばーか！」

「あっ、こら！」

ぴゅーっと嵐槐は逃げ出したが、憤懣《ふんまん》やるかたなしという感じの宿の主人は、

「すみません、どうも、しつけのなってねえ子がひとりおりまして……」

と嵐槐の代わりに謝っている。

「いや、なんとも思っていないよ。子どもは元気がいちばんさ」

「あいつは元気がありあまってるようで」

鳴らない鐘にこれ以上の用はないので——なんならアストリッドも鐘を飾っておくくらいなら売って村の予算にしたほうがいいと嵐槐と同じことを考えたくらいだ——宿のある場所へと下りてい

くと、数人の大人が集まっていた。

「おや、昨日の旅人さん……すまねえが、残念なお知らせがある」

ひとりが、表情を曇らせて言う。

「この先に盗賊が出て、道を塞いでいるらしい。出発は1日待ってくれないか？」

「盗賊!?」

ニナたちは視線をかわした。

「そういうことならあたしの出番ね」

「チィもお腹いっぱいなので動けます」

エミリとティエンがずずいと前に出ると、

「え？　お、お嬢ちゃんたちなにを言ってるんだい？」

「あたし、魔導士よ。こう見えても冒険者として登録してるから。盗賊は何人規模なの？　武装してる？」

「チィもそんじょそこらの大人にならなら負けない自信があるのです」

とティエンは言いながら、停めてあった馬車の荷台に手を掛けると、軽々と浮かせて見せた。

「!?」

大人たちはぎょっとする。

「い、いや、大丈夫だよ、お嬢ちゃんたちが出る幕じゃない。今、村長が話をつけにいってるから……」

「盗賊に話を？　村長、危険じゃない？」

「よくあることなんだ。ほんとに、大丈夫だから、ただ1日だけ待ってくれんかね。宿代はまけるからさ」

気まずそうに言われると、エミリもティエンも無理に行くとは言えなかった。

「……どういうことでしょうか」

「……わからないが、なにかワケありなのかね？」

ニナとアストリッドがこっそりと話している——と、そんな彼女たちを遠くから見つめる視線があった。


1日待つとなっても、なにもないこの村では時間をつぶすこともできない——とアストリッドは思っていたが、大人たちが集まって酒盛りを始めたのでそこに混ぜてもらっていた。

ニナはニナで、ティエンといっしょに村の仕事の手伝いを始めている。

「あれまあ、ありがたいねえ。煙突の掃除をしなきゃって思ってたんだけど、腰をやっちゃっててさあ」

「これくらいチィには簡単なのです」

老女が煙突掃除に困っていればティエンが買って出て、

「まあまあ、これがうちの包丁かい？　よく切れるわあ。——鍋がぴかぴかじゃないか!?」

調理道具が傷んでいればニナが修理をした。

「お礼はほんとうに、こんなものでいいのかい？」

「はい！」

代わりと言ってはなんだけれど、ニナはお礼に家々で漬けている漬け物を試食させてもらってい
た。白菜に唐辛子を入れて発酵させたそれは酸っぱさの中にぴりっとした辛さがいいアクセントに
なっている。家によっては大根を漬けているところもあった。ずんぐりむっくりとした大根に塩を
振り、藁の上に並べて天日で干すこと10日。黄ばんで小さくなったそれを壺に入れてさらに発酵を
進ませるらしい。1年もの間、発酵が進んだその大根は、強い塩気と複雑な味わいがある。その漬
け物をちょっとずつかじって食べるとご飯が進む。

「……チィは苦手なのです」

漬け物のニオイはティエンには合わないらしく、彼女はずっと鼻をつまんでいたけれど。

そんなことをしていると時刻は夕方になり、盗賊と「話」をしにいったという村長が戻ってきた。

集会場で酒盛りをしているところに戻ってきた白髪の村長に、お茶が差し出される。

「おお、おお、すまんなあ。……む？　このお茶は美味いな、いったい誰が淹れてくれたんだ……

ほう、アンタかい。いや、アンタ誰だね？」

「メイドでございます」

「はあ？」

村長は見慣れぬメイドがいたことで目を瞬かせていたが、

「村長、連中はどうだった？」

他の村人たちは自然とメイドや、見慣れぬ少女３人を受け入れているようである。

「あ、ああ……いつもどおり食料を渡して、去ってもらったよ」

「……そうか」

村の大人たちは、少しだけ複雑そうな顔で納得するとそれぞれの席での酒盛りに戻っていく。

やはり、なにか事情がありそうだった。

思えばこの、突如として始まった酒盛りも、後ろめたさのようなものを隠すために行われているようにニナには感じられる。

女たちは子どもとともに家にいて、大人の男だけがここに集まっている。

でも、見知らぬ土地の、見知らぬ村の事情にまでいちいち首を突っ込んではいられないともニナは思う。

（……わたしたちはこのまま、ここを通り過ぎていくだけ。そしてここで目にした不自然な盗賊さんについても忘れていくのでしょうか）

割り切れない思いでいると、

「――あーあ、バッカじゃねえの？」

そんな声が飛び込んで来た。

集会場の入口には、子ども――嵐槐がいた。

「賢そうな旅人だと思ったけど、アンタたちも結局ただの女かぁ。目の前でどう考えたっておかしなことが起きてるのに見て見ないフリするなんてさ！」

ぎろっと視線を向けられたニナは、一瞬どきりとした。

それこそまさに今ニナが考えていたことだ。

「嵐槐！　お客さんに失礼だぞ！」

「コイツらに酒を振る舞って、そんで誤魔化そうって魂胆だろ？　まぁまぁ成功してるっぽいけどさー。結局、この問題は村で解決しなきゃいけねーんだよ」

「これ以上はもう我慢ならんぞ、村長！　嵐槐の勝手は昔からだが、これはひどい！　旅人さんから妙なことが中央府に伝わったらこの村だって危ない！」

大人のひとりが言うと、そうだそうだと声が上がる。

「み、皆さん、待ってください。わたしたちは中央府から来てはいますが、ノスト国民ではありません。なのでどうぞ警戒なさらず……」

「そーよ。どうしても盗賊を倒したいって言うならあたしとティエンが手を貸すわよ？」

ニナとエミリが言うと、

「そ、それは止めてくれ、頼む」

村長があわてて言う。

「……なにか事情があるんですね？」

ニナがたずねると、村長も、大人たちも、気まずそうに顔を逸らすだけだった。

「事情なんて言うほど難しくねーよ。盗賊は元村人なんだよ。税金を払えねーから村から追い出されたんだ。で、盗賊になったんだ」

「バ、バカ者！　誰か嵐槐の口を塞げ！」

近くにいた大人が飛び掛かって嵐槐を組み伏せるが、嵐槐は止まらなかった。

「税金を肩代わりするとか！　畑を貸すとか！　舟を貸すとか！　やりようがあるだろ！　それでも足りなきゃ鐘を売れよ！　こんなふうに盗賊まがいのことさせて、役人にバレたらみんな縛り首だ！」

「黙れ！　口を塞げ！　誰でもいい――」

「――ティエンくん」

言ったのはアストリッドだった。

「え、ちょっ、お嬢ちゃん――うわああ!?」

ティエンは嵐槐を組み伏している大人たちをつかむと、ぐぐぐとその力で引き剝がしていく。

少女とは思えないパワーに、大人たちは驚き、集会場は静まり返った。

「す、すげぇ……」

嵐槐だけは地べたを這いずりながら、きょとんとした顔でティエンを見上げていた。


おばあちゃんとふたりで暮らしている、という嵐槐の家は村の外れにあった。土塀があちこち崩れていて、屋根にも穴が空いているが、なんとか人は暮らせるという家だ。こんな村はずれにも家

があることを知らず、ニナは手伝いには来ていなかった。

「おやまあ、嵐槐。お客さんかい」

「中央府からの旅人だってさ」

「ああ〜、聞いたわよお。話題になってるわ」

おばあちゃんはまだまだ元気で、「ご飯食べていく？」なんて聞いてくれるが、集会場でそこそこ食べていたのでニナたちは遠慮した。

「それで……どうしてウチに来ることになったんだい？」

おばあちゃんは不思議そうにしているが、説明しないわけにはいかず、ニナはいきさつを話した。

するとおばあちゃんは気の毒なほどに青ざめて深々と頭を下げた。

「どうもご迷惑を……この子は父に似たのか、こうと信じると突っ走るクセがありまして……」

「オレと死んだ親父のことなんて関係ねーだろ。ちなみに言うと、お袋は若い男と駆け落ちしたから」

「嵐槐！」

「ばあちゃんだって、金物屋のじいさんとデキてるって知ってるけど？」

「嵐槐ぃ！　おだまり！」

お祖母ちゃんが目を吊り上げるが、嵐槐は素知らぬ顔だった。

「な、なかなかハードな家で育ったんだね……」

「オレみたいなヤツらなんてこの国には山ほどいるんだろ？　行商人から聞いたもん。なあ、それより外国のこと教えてくれよ！　アンタたち、ノストの国民じゃねーんだろ!?」

「あ、ああ……それは構わないけど、中央府のことを聞きたいんじゃないんだね」

　迫力に気圧されてアストリッドがのけぞると、嵐槐はむっつりとした顔をした。

「……中央府は、みんな憧れてるよ。確かに。だけど別にオレは……」

「憧れない？」

「アンタたち知ってるか？　オレたちは生まれた村か、中央府か、そのどっちかでしか生きていけねーんだ。中央府で出会って結婚したら、相手の村に嫁ぐことはできるらしいけど」

「そうなの？」

「だから村がイヤな連中はみんな中央府に行きたがる。でも、桑畑やってるおっさんも、宿のおっさんも、村長のセガレも、中央府に行ったけどうまく行かなくて帰ってきた」

「宿のご主人もそうだったんですね……」

　夢破れて、という言葉がニナの脳裏に浮かんだ。

　宿の主人は鐘楼が自慢だと語ってくれた。あの人も一度は、村を捨てようとしたのだ。

「そーだよ。アイツの親父が年取って宿ができなくなったから呼び戻された、とか言ってんだけど、ほんとうは中央府でぶらぶらしてただけだって」

「アンタそんなことどこで聞いてくるんだい」

　おばあちゃんが咎めるように言う。

「大人たちはみんな言ってるよ。お酒飲んだら、そんな話ばっかりじゃないか」

きっと嵐槐はほんとうのことを語っているとニナは思う。ウソを吐く理由もない。

（この国は平等にみんな楽しそうに暮らしていると思っていましたが……様々な人生があるんですよね……）

そんな当然のことに今さら思い当たった。

村でしか生きられない決まりがあるから、村を出たくなれば中央府に行くしかない。

そう思うと、あれほど人でごった返していた中央府の熱気が、違ったものに見えてくるから不思議だった。

「嵐槐くん、君が外国に憧れるのは外国に行きたいからなのかい？」

アストリッドがたずねると、嵐槐は首を横に振った。

「ちげーよ。外国の畑とか商売を知りたいんだ」

「畑や商売……農業や経済を？」

「あー、うん、オレ、難しいことはわかんねーけどさ、もっといい方法があるんならそれで儲けたらいいって思うんだ。だって、アンタたちだってオレたちよりずっといい服着てるだろ？　儲かってるってことだろ？」

「……だけれど私は女だよ？」

「だからなに？」

「この国では女が勉強したり、発明したりすることが嫌がられるじゃないか」

「あーはいはい。頭の固い大人たちが言いそうなことね。そんなのクソ食らえだね」

　いっぱしの大人みたいな口調で嵐槐は言った。

「ふーん、なるほどねぇ……」

　アストリッドはうなずく。

「そこも理解した上で、君は男のフリをしているってことなんだね？」

　言うと——沈黙が降り立った。

「…………」

「…………」

　嵐槐はアストリッドを油断なく見つめ、アストリッドは嵐槐を見つめ返す。

「え、ちょっ、なに？　なんなん？　この子、男の子でしょ？」

　エミリが言うと、

「エミリくん……」

「エミリさん……」

「エミリは鈍感なのです」

「ええ!?　あたし以外みんな、この子が女だってわかってたの!?」

「そりゃそうさ、1年や2年幼かったらわからなかったかもしれないけど……今は12歳とか13歳かな？」

「女性特有の体つきになりつつありますね」

「チィは最初からニオイでわかりました」

ティエンの驚異的な嗅覚は別として、ニナや、まさかアストリッドにも見抜けたことが自分にできなかったのかと、エミリはがっくり肩を落とす。

「……マジかー。オレが女だって、言わないで欲しいんだ」

がっくりしているのは嵐槐もだった。

「村の人たちはみんな知らないのかい？　そんなことあり得る？　他に誰が知っている？」

「ばあちゃんだけ。まあ、もちろん親は知ってたはずだけどね」

するとおばあちゃんが後ろめたそうに言う。

「……女は肩身が狭いですからねえ。男ならいずれ働き手になってくれるだろうと、村でも食べ物を都合してくれるんですよ」

「ま、男のフリしてるといいことも多いんだぜ？　女なら村のやり方に意見しても聞く耳持たねーって感じだけど、男ならちょっとは聞いてくれる。オレはまだまだガキだけどさ」

「な、なるほど」

ニナは嵐槐の割り切りの良さ、おばあちゃんのしたたかさに感心した。そうして一方で、この国の制度や考え方について考えてしまう。

国の頂点が女性であるユピテル帝国の首都サンダーガードは、仕事の働き口で男女の差は少しずつなくなっている。少なくともノストと比べれば10倍以上違うだろう。とは言え、サンダーガードにははっきりとしたスラムが存在し、貧富の格差も拡大している。

自由と格差。不自由と平等。

ここには自由がないが、平等だ。ユピテル帝国は自由だが、格差がある。

「なぁ、それでさ、他の国はどうやってるんだい？　畑だってノストとは違うんだろ？」

あっけらかんとしている嵐槐がたずねる。

深遠なるテーマに考えを馳せるのはいったん止めて、ニナは嵐槐に向き合うことにした。短く切った髪は少年のようだが、隠しきれない少女の魅力のようなものが滲み出ている。それは砂埃で汚れた顔であっても隠しきれない。

あと数年もすれば村いちばんの美人になるかもしれないが、今の嵐槐はそんなことより「知識」に飢えている。

「教えることはできるけれど、嵐槐くんはその知識を使ってなにがしたいんだい？　この村にも、この国にも嫌気が差しているんだろう？」

アストリッドがたずねる。

「そりゃあ、そうだけど。でも生まれもった運命を恨んでもしょうがねーじゃん。オレはこの村を盛り上げたいし、儲けたいんだ。ウチが成功したらよその村も真似したらいい。そうしたらこの国はずっとよくなる」

「まぁまぁ、大きなお話ですこと」

おほほ、と笑いながらおばあちゃんは席を立ってお湯を沸かしに行った。その態度はあまりに素っ気ないとニナは感じたが、おばあちゃんからすると耳にたこができるほど聞いた話なのかもしれなかった。

だけれどニナは――いや、アストリッドも、エミリも、ティエンも、嵐槐への印象を改めた。

嵐槐は本気でそう考えて、本気で行動している。

だから「盗賊」の秘密についても暴いたし、鐘を「売れ」と言った。疎まれるとわかっていても、やった。

元村人たちは食い扶持を稼げなくなり、税金を払えなくなった。ならば彼らの居場所をちゃんと作ってやればいい。そうすることで税金逃れの罪を犯す必要がなくなり、村のリスクがひとつ減る。人手が増えれば大きな商売ができる可能性がある。元手が必要なら、村人以外に誰も興味がない鐘を売ればいい――。

すべてが合理的だった。

12歳かそこいらの少女が考えることではない。

「おばあちゃんは聞いてくんないけどさぁ、オレは思うんだよね。この国ってさ、外に対して閉じてるんだろ？　だったら、そのなかでめいっぱい成功するしかないじゃん、って」

嵐槐は本質をつかんで、考える力を持っている。

「そういう嵐槐くんの考えは、誰に教わったんだい？」

「いや？　誰かに教えてもらったりはしてないけど？　大体オレ、字も書けねーよ」

アストリッドはますます興味を惹かれた。こういう子に勉強を教えれば乾いた砂に水が染みこむようにぐんぐん伸びるのではないかと思ってしまう。ミリアドがエミリを発見したときにも同じように思ったのかもしれない。

だが嵐槐は発明家というよりも、政治家に向いている気がした。この国に政治家はおらず、国の中枢にいるのは官僚たちで、それはすべて男なのだけれど。

アストリッドはあえて意地悪な質問をしてみることにした。

「では、どうして外国から来た私たちにものを教えてくれと頼むんだい？　村の大人たちは信用できないという反骨精神からかな？」

「あー、違うよ。アンタたちは悪い人じゃないからだ」

「どうしてわかる？　君を助けたから？」

「ううん」

嵐槐は首を横に振ってから、

「きれいなチャクラの色をしてるから。村の大人たちは濁ってる。盗賊になった大人たちはもっと濁ってる」

と、耳慣れぬことを言い出したのだった。

翌朝、宿の主人はかなり気まずそうながらも抜群に美味しいスープを出してくれた。豆腐の浮いているそれは、そのものずばり豆腐湯《ドウフタン》という名前で、もっちりとした揚げパンをひたして食べると大変美味しい。

「しみる……」

「しみるねえ……」

結局夜遅くまで深酒していたエミリとアストリッドは昨日の朝と同じセリフを口にした。

あれから、アストリッドは農業について知っている知識を嵐槐に与えた。商売について教えてもよかったのだけれど、あれもこれも教えてもきっと吸収しきれないだろうというのと、商慣習や法律は国によって違うので、変に教えることは危険だったのだ。

農業だけでも嵐槐は、鋭い質問をアストリッドに繰り返し、知識を貪欲に取り込んでいった。

逆に嵐槐からはチャクラについて聞いた。

その知識はおばあちゃんも知っているような一般的なものではあったけれど、この国に魔法と同じような存在があると聞いてエミリは俄然興味を覚えた——実のところそれはミリアドもそうだったのだけれど、あいにく彼は今中央府にいる。

「昨日は……すまなかったね、村の悪いところを見せちまって。それで、嵐槐はなんか言ってたかい？」

ティエンの怪力を目にしたからだろう、おどおどしている主人は、ニナがひとりで食器を戻しに厨房へやってくるとそうたずねてきた。

「はい。とっても村を思っているいい子ですね」

女の子、と言いかけてしまうのをぐっとこらえる。

「え、アイツが？　村を引っかき回しているだけのような……同い年の友だちもいねえみたいだし」

「本気で村のことを考えていますよ。どうやって畑の収穫量を伸ばしたらいいか。そのために子どもの力でできることはないのか……。僭越ながら肥料の作り方などをお教えしました」

「そ、そうなのか!?　肥料ってのは大事な知恵だろうに」

農村にはそれぞれ独自の農法がある。長年試行錯誤して育んできた秘伝の情報であり、場所によっては「隣の家にも教えない」なんてものもある。それは、高級な茸が生える木が森のどこにあるかを教えないようなものだ。

「いえいえ。嵐槐さんの熱意に押されたのです。なので、是非嵐槐さんの言うことに耳を傾けてあげてください。『鐘を売る』話はしないように言っておきましたので」

「あ、ああ……そうか。外の人の言うことなら聞くのか、アイツは」

主人はぶつぶつと「困ったもんだ」とか言っていたが、

「そうだ、ご主人。とても美味しいスープをいただいた、そのお礼をしたいのですがいいでしょうか？」

「豆腐湯を気に入ってくれたならうれしいが、そりゃ、宿の仕事だからな。気にすることはねえよ」

「いえいえ、是非召し上がっていただきたいものがあるんです」

ニナが言うと、主人の目が一瞬きらりと輝いたように見えた。

嵐槐が言うところ、この主人はかつて夢を見て中央府に向かったのだ。そこで挫折して村に戻ってきたそうだが、それでもひなびた農村でこれだけの料理を出せるということは心にくすぶっているものがあるのかもしれない――そうニナは思った。

だから「食べて欲しい」と言われると、そのくすぶりが煽られるのだろう。

「お嬢ちゃんが料理をするってのかい？」

「はい。食材は仲間が獲ってくれたものを使います」

「ほう……」

ますます興味深そうに目を細めるのだが——宿の主人がその目を見開くのはそれからほんの少し後のことだった。


正午になる前に、アストリッドとエミリは馬車に乗りこんでいた。彼女たちを見送る人は誰もなく、わざと村人が姿を見せないようにしているかのようですらあった。

「ま……たった2泊なのにこの村のいろんな姿を見てしまったから当然と言えば当然かもしれないけどね」

アストリッドが言うと、御者台にいたエミリが、

「そう言いながらアストリッドは、嵐槐が見送りに来るんじゃないかって思ってたんじゃないの～？」

「見送りに来られても対応に困ったかもしれないから、これでいいのかもしれない」

「？　どゆこと？」

「彼女のことだから『旅に連れて行け』とか言い出しそうじゃない？」

「あ～ね」

ありありと想像できてエミリは笑った。

「――アストリッドさん、エミリさん、お待たせしました」

「たいして待ってないわよ。そっちは終わったの？」

「はい」

にこやかに答えるニナを見て、それから身体が濡れているティエンを見て、エミリは複雑そうに苦笑する。

「しっかしアンタたちもものずきねぇ……」

「えへへへ」

「チィは楽しかったですけど」

「さぁさぁ、話は移動しながらにしようか――思いがけず1日多く留まってしまったから、急ごう」

ニナとティエンが馬車に乗りこんだのを確認して、アストリッドが馬を走らせた。

すると、ティエンが馬車に積まれた荷物をじっと見つめている。

「この荷物――」

言いかけたティエンだったが、

「あれって宿の主人じゃない？」

それを遮るようにエミリが後方を指差すと、確かに宿の戸が開いて主人が顔を出していた。

それから、通りにぱらぱらと何人かの男たち――防水性能の高い長靴と前掛けをしているあたり、漁師のような男たちが出てきた。

彼らは両手を振って大きな声で「おーい」とか「待ってくれ」と言っていたが、

「ありがとうございました！　２晩、お世話になりました！」

ニナは揺れる馬車で器用に立つとぺこりと一礼したのだった。そうされると男たちは声を、腕を上げるのを止めた——。

「——これで変わるかどうかは村の人たち次第、ってことか」

アストリッドが言うと、

「そうですね……」

とニナは、少しだけ後ろ髪引かれるような顔で言うのだった。


「おい、お前たち……どうしたんだ？　俺はあのお嬢ちゃんにもっと話を聞かなきゃって思ったんだが……」

宿の主人は馬車が去ったのを見送ったあと、同じように通りに出てきた村の漁師たちにたずねると、

「おう。お前んとこもか？」

「も？　も、ってなんだよ」

「お嬢ちゃんに驚かされたクチだろ？」

「な、なんでそれを!?」

「俺たちだって同じだからに決まってんだろ」

漁師たちが言うには、朝食後の時間、漁を終えて戻ってきた漁師たちにオオカミ耳の少女が話しかけてきたのだそうだ。

——仕掛けを沈めておいたのです。

と言った彼女は、凍えるように冷たい河へ、制止する間もなくざぶざぶと入っていくといくつかの「仕掛け」を取り出した。

それは竹で作られた「胴《どう》」と呼ばれる筒状の仕掛けだった。入口に返しがついているので一度魚が入ると抜けだしにくい仕組みになっていて、エサになるものを入れておいておびき寄せる。少女の身体より大きなそれを彼女は軽々と持って来た。

どしゃ、と置かれたそこには——大量の魚が入っていたのだった。

「俺たちはフナしか獲らんから網を使うが、その胴を使えばもっといろんな魚が獲れるって話なんだ」

「いろんな魚っつったって、フナより売れるものなんてねえだろう」

「あるだろ！　川だぞ!?」

「あっ——まさか」

宿の主人が膝を叩くと、

「ウナギか！　それにナマズ！」

漁師たちはうなずいた。

少女の――ティエンの持って来た仕掛けはさほど難しい造りではなく、実際にその仕掛けは昨日アストリッドとティエンのふたりで嵐槐に実演しつつぱぱっと作った物だ。それを一晩沈めておいただけである。

単純な仕掛けだ。実際、似たような仕掛けを知っている漁師もいた。

ではなぜその仕掛けを彼らが使わないのかと言えば、

「ちょっと待て。胴の仕掛けじゃぁ、たいして獲れねえだろ?」

魚が獲れないのである。だが、ティエンが運んできた胴にはぎっしりとウナギとナマズが入っていた。

「そうなんだよ、だから俺らも驚いたんだが……その仕掛けにはちょっとした秘密があったんだ」

「秘密?」

漁師の男は言いづらそうにしていたが、

「……魔術だ」

と言った。

悠河は大河であり、村近くの岸は流れが穏やかだ。この辺りにはフナと小ガニしかおらず、ここに胴を沈めても魚は獲れない。もう少し深いところ――それこそ1メートルくらいの深さになると、ウナギやナマズがいる。だがそこまで行くと流れが複雑になるらしく、仕掛けがうまく動作しないのだ。

それを解決するのが魔術だ。

水の流れをコントロールする魔術を仕込んでおくことでエサのニオイの出方をコントロールし、さらに魚が入りやすくしているのである。

これは極めて単純な魔術なので、クズのような魔石を使ってもいいし、素人にだって加工ができる。

しかし話を聞いた主人の顔は青ざめた。

「おいおい、漁具の秘密なんてのは人においそれと話したらいかんだろ……」

「お、俺たちだってそう思ったよ。だけど、気にするな、って。仕掛けを作って沈めて、回収するのは子どもの手だってできるから……少しでも売り物を増やせたら、村から出て行った人たちを呼び戻せるだろう、って……」

出て行った人たち、という言葉がなにを意味しているのか宿の主人にもすぐにわかった。

盗賊になってしまった元村人たちのことである。

「……舟を増やすのは金が掛かるが、竹の仕掛けなら材料費なんてタダみてえなもんだ。そこらに竹は生えてっからな」

竹は生命力が強いのであちこちに竹林があった。

「そういうことか」

ひとり、納得したように主人は言った。

「ちょっとウチの食堂に来てくんねえか？」

「おう、どうした？」

呼ばれ、ぞろぞろと漁師たちが宿の建物へと入ると、

「――ん？　おい、なんか妙なニオイがするが」

「このフナを食ってくれ」

差し出されたのはフナの焼き魚のようだったが――身が引き締まっているように見える。

「ん？　コイツを食えばいいのか？　だが塩焼きじゃあ、フナはくせえだろう」

「つべこべ言わずに食えッ」

「お、おう……そこまで言うなら」

宿の主人に押され、箸で身をつまんで口に運ぶと、

「――ん、おお、こりゃうめえな！　なんだこれ、塩じゃねえな、香りもいいし……なにか味付けをしてるのか？」

「干したんだと。……ふつうにやってたら時間が掛かるのを、魔法使いのお嬢ちゃんがささっとやったんだそうだ」

「干しただけでそんなに変わるか？」

「俺も驚いたんだが、一手間掛けるだけでこんなに変わるらしい……それに、干物にすりゃあ、何日かはもつ」

「売り物になるってことか……？」

「そうだ」

　今まで村では塩漬けにしたフナを出荷することはしていたが、さほど人気があるとは言えなかった。塩辛くて、魚の味を楽しむというより珍味のひとつのような扱いだった。

「ハラワタはあまり売れなかったが、この干物なら……」

「お嬢ちゃんが言うには、もうしばらくしたら冷蔵保存で輸送する改革が起きて、安値で遠くに運べるようになるとかなんとかって話だったが……」

「あ？　なんだそりゃ、どういうことだ？」

「い、いや、俺にもちんぷんかんぷんで――とにかく、干物にすりゃあ売れる。塩水に漬けてから干せばもっと日持ちするから遠方でも売れる」

「ほんとうかね……川魚なんてどこでも獲れるだろ」

「……『悠河のフナ』と名前をつけろとも言っていたな。悠河の名を知っていても見たことのないヤツらは多いわけだろ？　中央府にだってそんなヤツらばかりだった。見渡す限り河だと言っても信じない。そんなヤツらは『悠河のフナ』と言えば興味を持つんじゃないかって……」

「お嬢ちゃんが言ってたのか？」

「ああ」

　それは「悠河」の名前を使ったブランディングだった。発案はエミリである。

「で、干物を売るなら、その干物をどうやったら美味く食えるかっていうレシピもつけろってさ。売るときに口伝えで教えてもいいって」

主人が指差したのはテーブルにある数枚の紙片だった。そこには簡単に調理できる干物のフナを使ったレシピがいくつもあった。

「……魚獲りも干物作りも、女と子どもだってできる範囲のことだ」

ここにいる男たちは、この村で生まれ、この村で育った。

そんな彼らにとって生きることは一本道だった。

唯一の選択肢が、中央府に行くかどうか。今ここにいるということは、この村で生きていく道にいる――もう選択肢はないはずだった。

なのに、いきなり目の前に選択肢が現れたのだった。

漁師の男たちは戸惑った顔をした。魚がいっぱい獲れるようになることはいい、わかりやすい。だけれど干物やレシピ？「悠河のフナ」という名前で販売？

「――わけがわからない」

宿の主人の言葉は、漁師全員と同じ気持ちだった。

「でも……やるしかねえって気持ちになった」

あの少女たちが、元村人――盗賊に身をやつしている主人たちの仲間のためにしてくれたことだというのは、今さら考えなくてもわかっていた。

「やらねえわけにはいかねえよ……お前らは、どう思った？」

主人に言われ、男たちは視線を交わした。

「……やる」

ひとりが言うと、

「やるさ」

「やるっきゃねえだろ」

「そうだ！　竹を切ってくるから、胴を編むんだ」

「それからフナの干し場も必要になるぞ」

「ウナギは？　どうやって売る？」

「バカ、気が早ぇえ。まずは胴だ」

口々に男たちは言うのだった。彼らの頬は紅潮し、いつになく興奮していた。

この日から村は、老人も、子どもも、男も女も、全員が忙しなく動き出すことになったのだった。


「ティエンさん、どうですか？」

「——気持ちいいのです。エミリ、もっと風を強くして」

「いや、これ、結構むずいんだからね!?」

揺れる馬車の荷台で、エミリは火魔法と風魔法を上手に操って、ティエンの毛を乾かしていた。

この晩秋に川に入るという真似をしたティエンが、風邪を引かないよう身体を拭いて、着替えさせ、こうして乾かしているというわけだ。

ちなみに言うと2種類の魔法を同時に発動するのは極めて難しいコントロールが必要で、ニナはうっすらその知識があるがティエンは知るはずもなく、もっと風が強いほうが気持ちいいという理由だけでエミリを急かしている。

「あたしはドライヤーじゃないんだけどなぁ！」

攻撃魔法を連発したってこれほど真剣な顔をしないエミリが泣きそうになりながら言っている。

「それで、ニナくん。君の作戦はうまくいったかい？」

御者台からアストリッドにたずねられ、ニナはティエンの髪を梳かす手を止めた。

「正直に言えば……わかりません。後は、村の人たち次第ですから」

「それは、そうだね」

昨日、昼過ぎから始めた干物作りに、仕掛け作り。それらはうまくいったし、アストリッドも魚を獲る仕掛けの魔道具発明なんて初めての経験だったから楽しかったのだけれど、この情報を生かすも殺すも村人次第だ。

正直に言えば、アストリッドは「難しいかもね」と思っている。

「人を変えること」は難しい。

たとえ目の前で正解を見せ、それをやるように背中を押したとしても、ほんとうの意味でその人が「変わる」ことがなければ意味がないからだ。

「あのときと……ユピテル帝国のサウスコーストで、あのリゾート地にいた子どもたちに仕事を教えたのと同じようにしましたが、今回は大人が相手ですし、それにあのときほど時間もなかったですから……」

施しではなく、仕事を教えること。そうしてあの下町はよみがえったようにニナには感じられた。温泉も復活した。自分の手でお金を稼いだことに目を輝かせた子どもたちのことだったら、昨日のことのように思い出せる。

「あの村、いいものを持っているんだけどねえ。悠河という大河の恵みに、交通の要所になれる可能性。まあ、この国や悠河と同じく、長い長い年月を掛けて変わっていくものじゃないかな。私たちはほんのちょっとその手助けをしただけだよ」

「そう……かもしれませんね」

アストリッドの言葉に、ニナは微笑んだ。

「……はぁ、はぁ……これで、いいでしょ。もう乾いたでしょ。あたしちょっと……休むから……」

エミリはばたーんと狭い馬車の中に倒れた。でもエミリのおかげで、ティエンの髪はふわふわでつやつやになっている。

「エミリ」

「な、なに……」

「ありがとなのです」

「…………」

倒れたままのエミリだったが、手を挙げて親指をぐっと立てて見せた。

「それはそうと、この荷物はこのままでいいのですか？」

ティエンが不意に、ひとつの荷物を指差した。それは木箱で毛布などが入っている。

「なんの話でしょうか、ティエンさん？」

「だって」

ティエンは言った。

「なかに人が入ってる」

第3章 刺激的な赤い実は、目にしみるほどで

北に行くにつれて日一日と気温は下がっていく。見渡す限りの荒野に、白っぽいものが交じり出したその日、ついにニナたちはノスト北1州——北方の前線基地に到着した。

基地、と言ってもそこは街があった。巨大な城壁が北側にあり、それに守られるように人々が暮らしている。他の街と違うところは至るところに冒険者や兵隊が見られることだろうか。

灰色の重苦しい雲が空から立ちこめ、冷たい風が吹き抜ける。城壁が守っている内部ですらこうなのだから、山脈からの吹き下ろしをそのまま受ける城壁の北側は大変な寒さだろう。

「おおーっ！　あれが冒険者かよ!?　オレ、初めて見た！」

「大きな声を出さないで、嵐槐くん。気が立ってる冒険者ならそれだけで因縁つけてくるよ」

御者台でアストリッドとともに座っているのは、少年——のような見た目の少女、嵐槐だった。もこもこの厚手の外套を羽織っている。

村を出発したあの日、彼女は木箱のなかに潜り込んですやすや眠りこけていた。

目的ははっきりしている。

ニナたちの旅についてきたかったのだ。

そのままひとりで村に帰すには、村から距離がありすぎたので、こうして連れてきている——どのみちニナたちはこの後幽々夜国に向かうために中央府に戻る必要があるので、嵐槐の村を通るときに下ろせばいいだろう。

子どもを連れ回しても大丈夫なのかという懸念はあったのだけれど、中央府からの通行証を見せたらフリーパスだった。ミリアドが手に入れてくれたその通行証は金象将軍の署名があり、絶大な効力を発揮した。

嵐槐は嵐槐で「うちはばあちゃんとふたり暮らしなんだけど、ばあちゃんだって女だからさ、たまにはオレの目がないところでよそのじいちゃんとイチャイチャしたいんだよ」とマセたことを言う。

嵐槐という旅の道連れが増えたことは、面倒ごとばかりでもなかった。アストリッドは嵐槐にも、いろいろなものを教える面白さを感じていたのだ。嵐槐はニナのスキル——裁縫や料理といった家庭的なものにはまったく興味を示さず、アストリッドの発明やエミリの魔法の話を聞きたがった。

(この国に来て、発明の話をせがまれることがうれしいからではないんだ、けっして)

とアストリッドは自分で自分に言い聞かせていたりする。

ここに至るまでの旅路でも、ちょっとしたモンスターが出たりもした。するとアストリッドがそのモンスターについて教えてやると目を輝かせて嵐槐はうんうんと聞き入り、エミリが魔法で倒すと「すげー!」と無邪気に声を上げる。するとエミリはベテラン冒険者ふうに「モンスターはちゃんと観察すること。疑問があったら解決すること」なんて言うし、アストリッドも「情報を集めたら、それを整理するんだ。そうしたら知識になる。もっと深く考えれば知恵になる」なんて名言ふうに言う。それをティエンが「やれやれ」という感じで眺めていたのだけれど、「メイドさん」一行の旅に新たな風が吹いたことは間違いなかった。

「なあ、アストリッドせんせー！」

「なんだね？」

ああ、先生、と呼ばれることのなんたる快感か。思わずいい声で聞き返してしまうアストリッドであり、それを見て馬車にいるニナはほっこりと微笑み、ティエンはわけわからんという顔をし、エミリは居眠りしている。

「ここのメシはどんなんかな!?」

育ち盛りなのだろう、嵐槐は腹ぺこだった。ニナたち一行には屈指の腹ぺこであるティエンがいるので嵐槐の食べる量なんて可愛い誤差のようなものだけれど、ティエンの食べっぷりを見た嵐槐は負けじと食べるので、たった数日だというのに嵐槐の身体にも肉がついてきて身体の線はふっくらしてきた——女の子らしくなってきた、と言うべきか。

「きっと辛い物だろうねえ。北方の名物料理だから」

「いいねー！　オレ、辛い物好きだ！　辛い物ならティエンねえちゃんに勝てるし！」

どうやら食事の量で競っているらしい。

「……別に無理して辛い物を食べる必要がないだけです。他のをいっぱい食べるから」

フン、とそっぽを向いて相手にしないティエンだが、ぴょこんとしたオオカミ耳は嵐槐の言葉を聞いている。

「食事もいいけど、その前に、やらなきゃいけないことをやろうね」

「やらなきゃいけないことってなに？」

「私たちはただの観光でここまで来たわけじゃないよ。もっとも、観光でこの最北まで来るのなんてよほどのもの好きだろうけど……」

馬車を停めたのはひときわ大きな石造りの建物――建物、と言うより砦のそばだった。近くには天幕がいくつも張られてあり、兵士たちがいる。

北方の兵士の特徴で、毛皮の帽子に毛皮のマントを羽織り、内側にレザーメイルを着込んでいるのがわかりやすかった。金属鎧は凍りつきやすく動きづらいのだ。

この街に月狼族のレイリンがいる。

それがミリアドが入手してくれた情報だった。

「ほう、レイリン殿に……わかりました。ついてきてください」

事情を話すと兵士は神妙な顔をしてここの司令官に取り次いでくれた。

なぜレイリンではなく司令官――この街に駐屯する軍のトップに？　とは思ったものの、ついていく以外に選択肢はないだろう。

身長2メートルはありそうなひょろりとした男が司令官だった。顔もほっそりとしており、鼻は高くないが尖っていた。

「ふぅむ……せっかくこんな場所まで来てくれたのに申し訳ないが……。レイリンは今、前線におってな、この街にはおらぬ」

「前線……とはこの街ではないのですか」

　司令官がこれまでのノストの男性と違うところは、アストリッドが女であっても丁寧に接しているところだった。もちろんミリアドが渡してくれた書状も影響しているのだろうけれど、それでも彼はアストリッドたちが女だからなんていう理由で侮ったり軽んじたりはせず、丁寧な対応をしている。

「うむ。城門を出てさらに北方、最前線に基地がある。レイリンは月狼族であろう？　非常に高い戦闘能力を持っておるのでな、そちらで活躍してもらいたいのだ」

「戦闘任務ということでしょうか」

「まあ、そうなる。それが終われば帰ってくるが……」

　危険な任務なのかもしれない、とは思ったが、それでも任務が終われば帰ってくるならいいだろう。アストリッドがティエンを見ると、ティエンがうなずいて、

「いつごろ戻るのですか」

「……冬が終われば、戻るだろう」

「!?　そ、そんなに長く……!?」

　まさか冬を越すことになるとは思いも寄らなかった。５か月、いや、ここは北方なので春が来るにはあと６か月は掛かるだろう。

　さすがにそんなには待てない。

「……遠いところを来たというのに、あいすまぬな。我が国にとって極めて重要な作戦ゆえ、呼び戻すこともできぬのだ……」

しょげ返るティエンを見て、さすがに気の毒そうに司令官は言った。


それからもう少し司令官と話をしてから、砦を後にした。

任務ならば仕方がないとは思うが、これほどの距離を移動してこの結果では、さすがに徒労感は否めない。

とは言え、まずはいったん宿を取るべし――と、街に戻った。

「宿は3軒しかないと聞いていたけれど……なかなかの混み具合だね」

街の大通りに面して3軒だけあるという。最初の1軒目「山麓飯店」、次の2軒目「源流飯店」はお客でごった返していた。

「3軒目は空いてんじゃん。ここにしようぜ!」

嵐槐の言うとおり、3軒目の「玉楼飯店」だけガラガラだった。

見た目はここがいちばん豪華だ。2階建てで、客室も多そうだ。だというのにお客の気配がない。

「ここがお休みだから他の2軒が流行っている説もあるわね」

「エミリくん……そういうことは言わないでよ。ここが休業していたら私たちは野宿だよ」

「寒いから外はイヤ」

だが、戸を開けて中に入ってみると暖炉に火は点いていて空気は暖かいし、明かりもあった。

「えっ、お客さん!?」

するとカウンターの向こうにいた吊り目の少女は突っ伏して寝ているようにも見えたのだが、はっ、と起き上がると「お父さん！　お客さんだよ！」と大きな声を上げた。

「あー、君、そのー……部屋はあるかい？」

「あるよぉ！　あるある！　売るほどあるさ！　何部屋必要？　5部屋？」

さすがにひとり1部屋は贅沢に過ぎる。

アストリッドたちは顔を見合わせた。宿はやっているらしい――なのにこの寂れっぷりは？

「大きめの部屋をひとつでいいよ」

「大きい部屋はひとつしかないけど……まぁいいか」

残念そうに言いながら、少女は1階の部屋に案内してくれた。部屋にも暖炉がついておりこれは「炕《かん》」という名前らしい。石材で堅牢に作られている暖炉の上には広々としたスペースがあって、そこに布団を敷いて眠れるようになっている。ちなみに煙突は2階の部屋を突き抜けており、2階の人はその煙道で温まることができる。

韓国やロシアにも似たようなシステムの暖炉があるが、共通しているのは、

「……部屋の隅、寒ッ！」

部屋は小さいほうが暖房効率がいいということだ。

エミリが北側のベッドに荷物を置こうとしたら、そっちは凍えるような寒さだった。

「――あのね」

部屋に入って一息吐いたところで、ティエンが言った。

「チィ、思ったのです。これ以上時間が掛かるのは大変過ぎるから、もう戻ったほうがいいよねって」

「確かにねー。一冬は越せないわ」

エミリが同調すると、

「えー？　ティエンねえちゃんの友だちに会いに来たんじゃねーの？　会いに行けば？」

「だから、その人が城壁の北にいるのよ」

「城門を通れば北に行けるんじゃね？」

「だからぁ……」

言いかけたエミリはあごに手を当て首をかしげ、

「ん？　それもそうね？」

嵐槐の言うことにも一理あるとエミリが思っていると、

「おいおい、エミリくん……兵士の数と冒険者の数を見たろう？　これから結構な戦闘が起きるのは間違いない。そんな場所に行くなんて……」

「そこは冒険者のあたしとティエンが行くのよ。それなら大丈夫でしょ？」

エミリが言うと、アストリッドも、

「……なるほど？」

「ほら」

「エミリくんにドヤ顔をされると少々イラッと来るけど……でも、エミリくんはダメだ」

「え、ええっ？　どうしてよ」

「この街の防衛戦力を見ただろう？　ここに私とニナくん、嵐槐くんの３人が残ったとして、この街になにかがあったときに、いったい誰が私を守ってくれるんだい？」

「……そんなに胸を張って戦力ゼロ自慢をされても」

「オレ、戦えるぜ！　こう見えても近所の男どもよりケンカつえーもん！」

「はいはい」

「『はいはい』!?」

エミリに軽くあしらわれた嵐槐はさておき、

「それじゃあ、ティエンひとりで行く？」

「最初はそれもいいと思ったけど、ティエンくんにはひとつ致命的な問題がある——地図が読めない」

「あー、確かに」

「チィは地図くらい読めるのです」

納得するエミリと、納得できないティエン。

アストリッドは目を細める。

「過去に何度も地図を渡したけど、君は地図を一度も見たことがないじゃないか……」

「ニナやアストリッド、エミリのニオイがするから合流するのは簡単です」

えへんと胸を張るティエンだが、

「会ったことのないレイリンさんをどうやって見つけるんだい？」

「!?　そ、それは……」

さすがにできない相談である。

言い淀むティエンを見て、アストリッドはうんうんとうなずいた。

「だろう？　だから地図が読める人間が必要——私がティエンくんといっしょに行くよ」

それには全員が驚いた。

「えっ、アストリッドさんが？」

「アストリッドはちょっと歩くとすぐにぶーぶー文句言うのです」

「そーよ、発明家のくせに」

「お、お前ら、せんせーの悪口言うなよ！」

「……私の味方は嵐槐くんだけだよ」

アストリッドの目元にほろりと涙が光ったが、

「せんせーはオレより走るの遅《お》せーけど、勉強教えるのは上手いんだぞ！」

「私の感動を返してくれない？」

涙は瞬時に消えた。

「ともかく！　さっき言った理由でエミリくんはここに残ったほうがいい。私の体力に不安があることは私がいちばんわかっているけど、いざとなればティエンくんが担いで走ってくれる」

「潔いくらいティエンに頼る気満々ね」

「あ、あのっ！　それならわたしがティエンさんのお供をしますが」

「ダメよ」

ニナが手を挙げるとエミリが即座に否定した。

「ニナがいなくなったら、この街に残るあたしのお世話を誰がするのよ！」

「……エミリくん？　さっきまで君、最前線に行くつもりじゃなかったっけ？」

「街に滞在すると決まったら、快適に過ごせるほうがいいに決まってるじゃない」

「その気持ちはわかるけどさぁ！　まあいいや、もう！　ティエンくん、必要なものを買い出しに行くよ！」

「え、え？」

「ほーらティエン、いってらっしゃい。アストリッドのお世話頼んだわよ」

「えっ」

アストリッドがぷりぷりしながら出て行くと、戸惑うティエンの背中をエミリが押した。

アストリッドとエミリのちょっと強引なやりとりが、遠慮しがちなティエンに遠慮をさせないためのものだと、ニナにはわかっていた。

「……お優しいですね、エミリさんも、アストリッドさんも」

「なにが？　それより、ここ寒いからお茶でも飲みたいわね～」

「はい、ただいま。買い出しが終わったらアストリッドさんたちも一度戻られるでしょうし、お湯は多めに沸かしたほうがよさそうですね」

「ん」

エミリはなんてことないふうに振る舞っているが、そこに滲む優しさに、ニナは思わず微笑むのだった。


しっかりと防寒装備を強化し、保存食も買い込んだアストリッドとティエンは砦に向かい、それから位置を詳しく聞いた上で前線基地へと向かった。日はまだ高いので、急げば今日中に中継基地に着き、明日には前線基地に着けるらしい。そこに、レイリンがいるはずだ。

前線基地に向かう行商人や冒険者がちらほらいるので、城門を出る許可は意外にも簡単に出た。

「それじゃ行ってくるよ」

「いってらっしゃいませ、アストリッドさん」

「せんせー、気をつけてな」

出て行くアストリッドをニナと嵐槐が見送る。嵐槐は眉をへの字にしてちょっと泣きそうだ――そして城門が開くと、北側が一面銀世界なのを見て、アストリッドも泣きそうな顔をした。

「……いい？　ティエン、アストリッドが自分から言う前でも『こいつダメだな』って思ったらすぐに担いで走るのよ」

「……合点承知なのです」

そんなことをエミリとティエンはこそこそ話したあとに、ティエンもアストリッドの後を追って城門を出て行った。

「お気をつけて――」

門が閉まるまで、ニナはふたりの背中を見守っていた。

「……行っちゃったわね。まあ、後は待つしかないわ」

「はい……」

「ニナもそんなに心配そうな顔をしないの。嵐槐にうつっちゃうわよ」

「あっ、は、はい！」

アストリッドがいなくなって急に寂しそうな顔をしている。元気いっぱいで強気の彼女だけれど、やはりまだ子どもだ。聞いてみるとあの芸事に達者な雪柳と同じくらいの12歳だという。

「ニナ、悪いことばっかじゃないって。さすがに一冬は待てないし、行って帰って数日だったら多少の危険があってもそうしたほうがいいわ」

「それは……はい」

「あとさ、いいものも見られたじゃん」

「『いいもの』ですか？」

「うん。ティエンがさ、月狼族に会いたいって気持ちを優先してくれた。『手伝ってもらうのは遠慮するのですぅ』みたいな感じはもうないよ。すっかりパーティーメンバーね」

「確かに、そうですね！」

「――えっ、今のってティエンねえちゃんの真似？　似てなさすぎ。戻ってきたら教えようっと」

「ちょっ、アンタ、嵐槐！」

「あははははっ」

あわてるエミリを置いてぴゅーっと嵐槐は走っていってしまった。

「ったく、あのガキ……」

「いちばん心配そうだった嵐槐さんも元気になってくれてよかったですね」

「まー、それはそうなんだけど」

「あとは待つだけですね」

「……すんなり何事もなきゃいいんだけど」

「ティエンさんとアストリッドさんなら大丈夫です。嵐槐さんはおふたりのすごさをあまり知らないから不安だとは思いますが……」

「違うわ、あたしが言ってるのはこっちの話」

「？」

ニナは首をかしげたが、エミリは悩ましそうな顔だった。

「――宿は清潔で、設備もちゃんとしている。暖房だって効いてるし、泊まるにはなんの問題もない。値段だって滅茶苦茶高いこともなく、むしろ相場よりちょっと安かった。なのにどうして、ウチらが泊まろうとしてる『玉楼飯店』は閑古鳥が鳴いてるの？」

「そう言われてみると……そうですね。なぜでしょうか？」

エミリは帽子のつばを人差し指で、くいっと上げた。

「事件のニオイがするわ。名探偵エミリの出番ね！」


——とまあ、意気揚々と宿に戻った名探偵だったのだけれど、
待っていたのは宿の娘による恐るべき一言だった。

「えっ、ご飯がない……？」

「そ、そうなんですぅ……ごめんなさい」

「いやいやいや、食べるものがなんもないってことはないでしょ？」

「それはそうですけど、お客様にお出しできるものがないんです。ごめんなさい……」

つらそうな顔でうつむく娘をエミリだって責めたいわけではない。

エミリはちらりとニナを振り返ると、ニナはうなずいた。

「あの、食材があればわたしが自分で調理しますので、厨房を貸していただけますか？」

「え？　それは構いませんが……それでいいんですか？」

「はい、もちろんです。メイドなら当然です」

「メイド？」

「——あー、話がややこしくなるからメイドのくだりは気にしなくていいのよ」

エミリが割って入った。

出せる食事がないとはどういうことなのだろうか。それが、宿にお客がいないことにつながっているのだろうか――そんなことを思いながらエミリとニナは食材の買い出しに街へと出た。

「……案外ふつうね」

エミリが拍子抜けしたのも無理はない。見たことのある野菜、それに鳥の肉だった。

値段はこれまでの街より2割増しくらいだ。

ここまで届ける輸送費のようなものだろう。

ノストでも北端の街だということで珍しい食材があるのではないかと結構期待していたのだけれど、

「うちの村に比べりゃすっげーいっぱい売ってるな～って感じだけどなあ。人も多いし」

嵐槐からすると違いを感じるようだ。

「ですねぇ。やはり『悠河のフナ』を干物にして販売すれば売れるのではないでしょうか……！」

「……ニナ、アンタいつの間に商魂たくましくなっちゃったのよ……」

「さあ、お料理をしましょう！」

ニナは数日ぶりに厨房に立った。

「設備はばっちりですね。火力も十分……ノスト料理はやっぱり火力が命ですからね」

鼻歌でも歌い出しそうなほど上機嫌でニナは厨房のチェックをしていく。

食器も問題ない。調味料や食材は自分たちで買い込んできた――よく見るとここにも調味料があるようだが。

「…………？」

ごま油も、ひまわり油も、ココナツ油も、塩も、コショウも、八角も、シナモンも、巨大な壺に入っているのだが、いくつも並んだ壺のなかでカラッポになっているものがいくつかあった。そこになにが入っていたのかはわからないが、ニナとしては手持ちの調味料だけで十分だ。

「ニナねえちゃんって変だよな。飯作る場所を眺めてるだけなのにすげー楽しそうなんだもん」

「あら、嵐槐さんは楽しくありませんか？」

「……オレ、料理できねーし」

「ではお教えしましょうか」

すると嵐槐はぶんぶんぶんぶんと首を横に振って後じさる。よっぽどイヤらしい。どうしてそんなに嫌がるのかという疑問よりも、あまりにコミカルな動きだったのでそっちが面白くなってニナはふふっと笑ってしまう。

「まずは下ごしらえですね」

ノストでは、調理時間のうち90パーセントが下ごしらえで、最後の10パーセントで火を使うと言われている。ニナはすさまじい手際の良さと包丁さばきで肉や野菜を切り刻み、下味をつけていく。準備が整えば次は火だ。火をおこし、種火を煽り、薪に火を移し、ふいごを踏み込んでどんどん火力を上げていく。

底が丸い中華鍋に、おたまで油をすくって流し込む。油が熱せられてもうもうと煙が上がりはじめ、刻んだニンニクと鷹の爪をはらりと放り込む。すばらしい香りが厨房に満ちていく。

「んん～っ、いい香り！　ニナ、もうできる!?」

厨房に顔を出したエミリが言うが、

「エミリねえちゃん、火を使うのはこっからが本番だぜ。料理をしないオレにだってわかるっつーのに」

「もう少しお待ちくださいっ」

ニナはその小さな身体に不釣り合いなほど大きな中華鍋を振るう。具材に火が通るまでの時間も完璧だ。白い大皿に盛られた色とりどりの野菜と肉。炒め物と揚げ物を中心にどんどん仕上げていく。

「おまちどおさまでした」

「わーっ、お腹ペコペコよ！」

「…………」

嵐槐は厨房にあった食材から、最後の料理になった姿までの一部始終を見ていた。だというのにどうやってこんなに美しく変貌を遂げたのか、さっぱりわからなかった。

「すっげえ……魔法みたいだ」

村の料理とは全然違う。

宿の主人の料理はすごいらしいが、あいにく嵐槐は見たことがない。

「ともかくいただきましょうか——」

「はーい！　いただきます！」

「――うまっ」

子どものように「いただきます」を言ったエミリと、それすら待てずに箸が動いた嵐槐が食事を始めるのをニナはにこにことして見つめ、彼女たちにお茶を出すことにした。

（お湯はもう沸いていますね）

巨大なヤカンから湯気がもうもうと噴き出ている。ノストではお湯を沸かすにも魔道具を使わず、火を使う。魔道具でお湯を沸かすのはお手軽だし時間も掛からないのだが、こうして火を使うのもいいとニナは思う。

（お湯の風味が変わりますからね）

火を使って沸かしたお湯はどこか鋭く、魔道具を使って沸かしたお湯はどこか丸みを帯びているようにニナには感じられる。

（今日は青茶《せいちゃ》にしましょう）

青茶とは、茶葉を発酵させる途中で加熱して発酵を止める半発酵茶であり、茶葉が黒っぽい藍色になることからその名がついている。

いわゆるウーロン茶のことだ。

油が多めの食事では、青茶がすっきりと口のなかを洗い流してくれるだろう。

ノストはお茶をほんとうによく飲む国なので、ここに至るまでに様々な茶葉をニナも手に入れている。

「？」

そのとき、

「――なんで勝手に厨房を使わせた」

「――えっ、だってお父さん、料理しないでしょ？」

「――そりゃ、しないさ。だが勝手に貸すことはなかろう」

「――そんなふうに怒らないでください、あなた。この子だって悪気があったわけじゃ……」

「――わかっている、わかっているが……」

そんな声が厨房の外から聞こえてきた。

どうやら自分が厨房を使ったことで揉めているらしい。

「あの」

ニナは厨房の外にいた宿の親子３人に声を掛けた。

「申し訳ありません。わたしが無理を申しまして」

「あ、いやいや……いいんだ。私が厨房に立たないのは事実だから……別に、君が使ってくれても……」

もごもごと宿の主人は気まずそうに言う。

改めて親子３人を見てみると、宿の娘は明らかに母親に似ていた。母親も目が少し吊り上がっていて、長い髪を後ろでひっつめにしている。

父親はまんまるだった。とにかく太っていた。細い目が、腫れぼったいまぶたと頰によってさらに塞がれている。顔を真っ赤にして、垂れてくる汗を首から提げた手ぬぐいで拭う。

「じゃ、じゃあ、私たちはこれで……」

親子3人がすごすごと去ろうとしているその背中に、

「――あの、なにかお困りなのでしょうか？」

ニナは思わず声を掛けていた。

3人が足を止める。

宿にお客がいない理由。

厨房に立たない主人。

なにか、事情があるのは間違いない――。


「『玉楼飯店』はこの街でいちばんの宿なんです」

食事が終わったあと、食堂にはニナたち3人と、宿の親子3人がいた。最初に話し出したのは宿の娘だった。

「でもあんなことがあったせいで……『山麓飯店』と『源流飯店』にお客を全部取られちゃって……もう、あたし悲しくて」

「泣かないの」

母親が娘の肩を抱き寄せた。

「あんなこと、ってなに？」

聞いたのはエミリだった。どこから持って来たのか、手帳と羽根ペンを手にしており、気分は名探偵である。

「……ウチの唐辛子畑が、荒らされたんですよ」

主人が言った。

「あ……だから調味料の壺に、唐辛子がなかったんですね」

ニナはカラッポだった壺があったことを思い出した。あの壺には本来唐辛子が入っていたのだろう。

「ええ……。ウチはこの街のすぐ近くに唐辛子畑を持っていて、そこで先祖代々唐辛子を作ってきたんです。ノストの北1州と言えば、唐辛子をふんだんに使った料理が有名でしょう？　代表的なところだと麻辣火鍋《マーラーフウオグウオ》、酸菜魚《スワンツアイユイ》、地三鮮《デイサンシエン》、辣子鶏《ラーズーチー》……大量の唐辛子が必要です。この街じゃ、寒さを乗り切るために、身体の芯から温める辛味が必須なんです」

料理について熱弁を振るうと、主人の頭からほかほかと湯気が立ち上る——のだが、

「……ですが、畑が荒らされてしまって、もう唐辛子を使った料理が出せないんです」

しゅん、と肩が下がると、湯気も消えてしまった。

するとエミリが、

「他のお宿の畑は無事だったの？」

「いえ……彼らは最初から畑を持っていません。行商人を利用して、別の村から仕入れていますか

ら」

「ん？　そしたらあなたたちもそうすればいいってことじゃないの？」

「……それが、できないんです」

消え入りそうな声で主人が言うと、娘が涙で赤くなった目でキッとエミリを見た。

「アイツら、商人たちに声を掛けて、ウチに唐辛子を売らないようにって言ってるのよ！　そうなったら街いちばんの『玉楼飯店』のお客を、全部奪えるからさ！」

「そんなことしてるの？　ほんとうに？」

「ほんとうよ！　だってアタシお願いしたもん、行商の人に。ウチにも唐辛子を売ってくれって。そしたら、冷たく笑ってこう言ったのよ」

――売るわけないだろ。

と。

他の宿が圧力を掛けたかどうかは別として、「玉楼飯店」に唐辛子を売らないのは事実のようだ。

主人はしょぼくれた顔でこう続けた。

「……皆さんは外国の方だからご存じないかもしれませんが、ノストの北方で唐辛子料理を出せない店に、価値なんてないんです。唐辛子で身体を元気にして、この寒さに打ち勝つ。それが常識なんです……」

話はそれですべてだった。

重苦しい空気を残して、親子は去っていった。

「…………」

「…………」

「……部屋に戻ろっか」

エミリが切り出し、３人は大部屋へと戻った。アストリッドとティエンがいないせいで部屋がやたらと広く感じられる。暖炉に薪を追加して火を大きくすると、その周りにイスを持ち寄って３人は暖を取った。

「……このままではこのお宿はつぶれてしまうのではないでしょうか？」

ニナが切り出すと、嵐槐が、

「そうかもしんねーけど、でもそういうことってよくあるとオレ思うんだよな。ていうか唐辛子畑が荒らされるってたいがいじゃね？　オレはそっちのが気になる」

「唐辛子畑、ですか？」

「唐辛子って辛いだろ？　だから虫も食わないしもちろん動物も食わない。だから荒らしたりなんてしないわけ」

「……と、いうことは荒らした犯人がいるということですか？」

「うん」

「つまり、その犯人が今回の事件の黒幕ね！」

どーんと胸を張ってエミリが宣言する――が、

「…………」

ニナはひとり考え込んでいる。

「黒幕ってなに、エミリねえちゃん」

「いちばん悪いヤツのことよ！」

「なんで黒い幕なんだ？」

「そりゃあ、それはさ……なんでだっけ？」

なんて話していたが、

「あ、あの……嵐槐さんにちょっと聞きたいのですがいいでしょうか？」

「なに？　ニナねえちゃん」

「……ほんとうはこのようなことを調べたりするべきではないと思うのですが……」

ニナにしては珍しく歯切が悪いので、嵐槐とエミリは顔を見合わせた。

「あの人たちのチャクラは、何色でしたか？」

チャクラは魔力に似た性質を持っている。

そんな一般的な知識はニナも嵐槐から聞いているし、その知識はここにいないミリアドとも変わらない。だけれど嵐槐には特別な力があった。

チャクラの色を、見ることができるのだ。

実はチャクラを直接目で見るには、チャクラを身体の外に出す「武功」というテクニックが必要だった。これは魔法を発動するときに肉体の外側に漂う光に似ている。

ただこの武功は、扱うのが非常に難しい。訓練によって誰でもチャクラが使えるようになるのだとしても、武功は才能がなければ使えないという。

そう、才能がなければ使えない魔法と同じように。

手からチャクラの弾を飛ばして相手を攻撃したり、遠くのものをつかんで投げたりできる武功は使える者が圧倒的に少ないのである。

そしてその武功は目で見ることができる。人によって違うが、黄色かったり、青かったり、赤かったりという色がついているのである。

「色を……見ませんでしたか？」

ニナの質問に、

「……見たよ」

嵐槐は答えた。

彼女はその人が内側に持っているチャクラの色を見ることができるのだ。だからこそ最初に会ったとき、ニナたちにこう言ったのだ。

——きれいなチャクラの色をしてるから。村の大人たちは濁ってる。盗賊になった大人たちはもっと濁ってる。

このチャクラの色が、その人物の「性質」を顕していることに嵐槐は気づいていた。よからぬことを企み、悪事に手を染めるとそのチャクラの色が濁るという。嵐槐のこの能力は、実のところニナたちの旅でも役に立った。話しかける人々の根っこが善なのか悪なのかが事前にわかるのだから、取引が問題ないか、口にした情報が正しいかどうか、彼女はわかるのだ。

「なんでニナねえちゃんがそんなこと聞くのかわかんねーけど」

嵐槐は言った。

「あの人たちのチャクラの色は……」


その日の夜――「玉楼飯店」を出るひとつの人影があった。灰色の雲によって月を遮られた夜は暗く、しかも粉雪交じりという寒さだった。その人物はぶるりと身体を震わせ、口から白い息を吐きながら大通りを進む。誰も出歩いていない。しかしうっすらと内部の明かりが外にまで漏れているその宿、「山麓飯店」からは外まで喧噪が漏れていた。

がらりと戸を開けると、そこは食堂になっていて、むわっとした熱気が押し寄せてくる。「山麓飯店」は宿ではあるが、この街に料理専門の店はないので、宿が食事店も兼ねているのだ。

近くに座っていた旅装束の男が「おう、寒いからさっさと閉めてくんな」と、入ってきた少女――エミリを急かした。

「ええ？　こんな時間に旅人さん？　すまねえが、うちはもう満室でさあ――」

給仕をしていた若い男が言うが、

「こんばんは、ちょっと食事をしたいだけよ。いいかしら？」

「おっ、それなら問題ねえよ――おーい、そこのテーブルちょいと空けてくれや」

若い男は相席で丸テーブルを囲んでいたところへエミリを押し込んだ。冒険者と兵士という10人ほどの組み合わせで、凶悪な顔つきの男たちしかいないが、こういう顔にはエミリもすっかり慣れている。

「ごめんねー、お邪魔するわ」

「おうおう、なんだ、冒険者？　魔導士か？」

「そうよー。あ、白酒ちょうだい」

エミリは給仕の男に酒を頼むと、興味津々という顔でこちらを見ている男たちを見返した。

「討伐の仕事じゃないわ。ちょっとした用事があって来ただけで、それが済んだら帰るの」

エミリが言うと、意外なことに男たちは残念そうな顔をした。

「なんでえ、魔導士がいりゃ戦いが楽になるのに」

「まったくだ」

冒険者のぼやきに、兵士が応じるという関係性は珍しい。大体どの街に行っても冒険者は「衛兵はクソだ」と吠え、兵士は「冒険者は面倒ごとばかり起こす」と愚痴る。

「あたしが女だからって気にしないのね」

「そりゃあ、魔導士だからな。前線で剣を振り回すと言われたら、止めとけって言うが」

すると他の男たちも「違いない」と言って笑う。

そう言えば真円女君の候補者たちにも魔導士がいて、彼女たちは魔法を使えることに誇りを持っているようだった。

「白酒だ。飲み過ぎるなよ」

　給仕の男が酒とコップを置いて去っていく。エミリが手酌で注ぐと透明な液体からは、キツい酒精の香りが立ち上る。

「さーて、食事はどうしよっかな～」

「お嬢ちゃんはどっから来たんだ？　北のどこかかい」

「あたしはエミリ。次にお嬢ちゃんって呼んだら怒るわよ」

「おー、怖い怖い」

「中央府から来たのよ。こないだ入国したばっかりだし、この辺の地理もよくわかってないわ」

「ほーん。そんなら唐辛子料理がいいぞ、名物だからな。ここにあるの適当に食ってみて、口に合うようなら追加で注文してくれりゃいい」

「え、食べていいの？」

「もちろんだ。自分ひとりで一皿食うなんていうせせこましいことはしねえ」

　テーブルを見ると、鍋のような鉄皿からはまだ湯気があがっているし、大皿にはこんもりとした炒め物が――鳥肉と唐辛子がほぼ同量なのでとんでもなく赤い塊に見えるのだが――ある。すべての料理に唐辛子がふんだんに入っている。羊肉の串焼きだって真っ赤に染まっているのだ。湯気を吸うだけでむせてしまうような唐辛子の量だ。

「すごい色！」

「そうだろ？　外国から来たってんなら唐辛子料理を食わなきゃなあ」

「こいつも美味いぞ、食え」

男たちはエミリにいろいろと勧めてくれたが、そのどれを食べても辛い。唐辛子のパンチが効いている。舌から伝わる辛味が脳天に電流のように走り、毛穴という毛穴が開いて汗が噴き出すような感覚を覚え、体温が上がっていく。

「辛いっ！　辛いけど美味しっ！」

白酒を呷ると、強烈な酒精が口の中いっぱいに広がって、鼻に抜けていく。

「ふぅーっ、たまんないわね」

エミリの食べっぷり、飲みっぷりに、男たちはやんややんやと喝采を送る。

芯まで凍えそうだった身体は、今や薪をくべた炉のように燃え上がっている。

この寒い地方で唐辛子料理が食べられている理由をようやく知った気がした。

「ここの飯は美味いんだが、ちょっと高いのがなぁ」

「そりゃ、しょうがねえさ。『玉楼飯店』がやってないんだものな」

「お前ら『玉楼飯店』よく行ってたよな。あっちは安いが、安いだけじゃねえか」

「そのぶん唐辛子がたっぷり入ってるだろ」

そんな話を冒険者がしているのが聞こえてきた。

「あのさ、あたし『玉楼飯店』ってとこに泊まってるんだけど、そこで夕飯がないっていうのよね。だからここに来たんだけど」

エミリがその会話に入っていくと、

「あー、唐辛子がねぇんだろ？　俺たちも聞いたわ」

「畑が荒らされたとかって……」

「そうだぜ。だけどありゃ、不幸な事故だわ」

「事故？」

「ゴブリンが街の近くに巣を作ろうとしててな、ちょうど俺たちがその駆除の依頼を請け負ったんだわ」

「そうそう。今年の夏だったな——今年は涼しい夏でな、楽な依頼だったぜ」

「ゴブリンってのは頭が悪いだろ？　赤くなる前の唐辛子……青唐辛子を見つけてかじったらしいんだわ。そしたら、まあ、辛い。当然辛い。で、大暴れした」

「その現場を俺たちが発見し、ゴブリンと戦闘になった。ゴブリンは仲間を呼んで、畑で大乱闘さ」

「もしかして……そのせいで畑がめちゃくちゃになっちゃったってこと？」

　エミリが聞くと冒険者たちは肩をすくめる。

「まあ、そうだな。唐辛子はダメになっちまったが、ゴブリンが繁殖するよりはいいだろ？」

「…………」

　なるほど、彼らが「不幸な事故」と言うのもわかる。

　モンスター討伐の依頼を受けた冒険者が、畑で戦闘に突入することはよくある。その結果、畑が荒れたとしても彼らは責任を負う必要がない。畑の農作物を気にしていてケガをしたり、モンスターを討ち漏らしたり、はたまた仲間が命を落としたりしたら本末転倒もいいところだからだ。

その気持ちはよくわかるし、事件性もないようだ。

一方で、「玉楼飯店」にとっては大打撃だというのもわかる。

それからしばらく冒険者や兵士たちも飲んで食っていたが、やがて彼らも席を立った。気づけば時刻は夜の10時を回っており、ニナと嵐槐も待ちくたびれているころだろう。

「――おっ、お客さんもお帰りか。どうだった、ウチの料理は」

中年の男が通りかかってエミリに話しかけてきた。店内もがらんとしており、ほとんどお客も帰った後のようだ。

「ウチの料理……ってことは、あなたがシェフなの？」

「シェフ!? しゃれた言い方をするじゃねえか、まあ、ここの宿の主人は俺だよ。料理も俺がやってる」

「とっても美味しかったわ！　身体中から汗が出て、なんだか生まれ変わったみたい」

「へっへっ。酒もそんだけ飲んでりゃ、気分もいいことだろう」

主人はイスを引いてどかっと座った。年の割に引き締まった体つきだ。眉間に深いシワが刻まれていて、白髪交じりの髪とあいまって実年齢より上に見せている。給仕をしていた若い男に似ているので、親子なのかもしれない。

「唐辛子をこんなに使っていると、仕入れが大変そうね」

「おお、ちょいと離れた村の畑といくつか契約して、買い付けてるのさ。毎年収穫時期になると荷馬車に山ほど積んで運んでくるんだぞ。その唐辛子はウチの裏の倉庫に山ほど積んであるんだが……入るだけで目が痛くなるぜ」

「乾燥させた唐辛子なら日持ちするもんね」

「これで1年やらなきゃならんからな。不作の年は大変だよ。出入りの商人に頼んで買い付けたり、それこそ冒険者ギルドにも頼んだりして、唐辛子を運ぶ依頼だって出す」

「そ、そんなに……？」

「当然だよ！　この街の料理は唐辛子がなきゃ話にならんからな。住んでる連中も、駐屯してる兵士や、依頼のために来てる冒険者も、みんな唐辛子料理を食べたがってる」

「た、確かに寒い冬はいいけど……夏も？」

「おいおい、夏こそ辛いものを食うんじゃないか！」

がっはっはっは、と豪快に笑っている。

筋金入りの唐辛子中毒《ホリック》だとエミリは思った。

「そういやアンタ……うちの泊まり客じゃないよな？　冒険者ギルドの依頼かなんかでこの街に来たのかい？」

「個人的な尋ね人よ。今日は『玉楼飯店』に泊まってる」

「……あそこか」

「ええ。料理が出せないんですって。だからここに食べに来たの」

苦虫をかみつぶしたような顔を、主人はした。

「まあ……そうだろうな。唐辛子がなきゃ、料理は出せんだろう」

「畑が荒らされたとか」

「冒険者は命を張ってるから、そういう事故もある」

「『玉楼飯店』は商人に頼んで唐辛子を仕入れようとしたけど、断られたそうよ」

「そんなことまでアンタに話したのか!?」

驚いたように「山麓飯店」の主人は声を上げた。

「あたしから聞いたんだけどね。だって、宿に泊まってるのにご飯がない、なんて最低じゃん？　他の宿も満室だっていうし」

「そりゃ……そうだが……」

もごもごと主人は口の中で言葉にならない言葉をつぶやいた。

「でもさー、どうして商人は唐辛子を売らないのかしらね？『玉楼飯店』は困ってるんだから、高値でも買ってくれるわけでしょ？」

「…………」

「あたしが商人だったらこんなチャンス逃さないけどなー」

「…………」

主人はイスから立ち上がった。そしてそのまま去ろうとする。

「おじさんが、売らせないようにしたんじゃないの？」

ぴたりと、主人は足を停めた。

「お嬢ちゃん……そりゃ、『玉楼飯店』の主人が言ったのか？」

「ううん。言ってたのは娘さんよ」

「……ああ、あそこの福《ふく》ちゃんが、か」

「宿の主人はずっと渋い顔をしてただけだけどね」

「ふー……そうかい」

主人は戻ってきて、改めてイスに座った。

「商人に、『玉楼飯店』に唐辛子を売らせないようにした、か……確かに、そうだな」

やっぱり、という思いもエミリにはあったが、意外な気持ちのほうが強かった。

この主人はぶっきらぼうで荒っぽいところがあるけれど、それでも善良な人のように感じたのだ。

だというのに「玉楼飯店」に嫌がらせのようなことをしたのだろうか？

こんなときチャクラの色が見えたら楽だろうに……とエミリは思った。

「出入りの商人が、わざわざ聞いてきたんだ。『玉楼飯店』が唐辛子がなくて困っているから売ってもいいかと」

「その商人って、毎年おじさんが唐辛子を買いつけてる商人」

「そうだ」

「で、なんて答えたの？」

「……『玉楼飯店』には売りたくねえ、って言った」

「事情がありそうね」

「まあな。とは言え、ここに長く住んでるヤツらは大抵知ってることだが……福ちゃんはまだ知らないのかもな」

「その事情っていうの、聞かせてくれる？」

「話すのは構わんが、聞いてどうする？」

「ほっとくと暴走しちゃう仲間がいるのよ……」

実のところエミリが心配しているのは、ニナだ。アストリッドとティエンがいつ戻ってくるかはわからないが、向こう数日は確実に戻らないだろう。その間、「玉楼飯店」に同情したニナが、とんでもないスペシャルメニューを開発しないとも限らない。

いや、開発してもいいのだが、悪目立ちするのは避けたいのである。

「？」

主人はきょとんとしたが、

「まあ、いいが……事の発端は、それこそ『玉楼飯店』の畑だった――」

と、話し始めたのだった。


エミリが「玉楼飯店」に戻ったのはそれからさらに遅い時間で、吹きつける風は強さを増し、粉雪も交じり肌が切れてしまうのではないかというくらいの冷え込みとなっていた。

「うー、さぶさぶ」

「おかえりなさい、エミリさん」

客室に入ると温かな空気がエミリを包んだ。

「ただいま。あっという間に身体が冷えちゃって、酔いも醒めちゃったわよ」

「お茶を飲まれますか？」

「うん。ありがとう」

エミリが見ると、嵐槐はすでに布団の中ですやすやと眠っていた。温かい暖炉の上の布団を選んでいるあたりちゃっかりしている。

「話、聞いてきたわ。唐辛子のことも大体わかった」

「……どうでした？」

ニナから差し出された湯呑みからは湯気が立ち上っている。口に含むと、唐辛子によって荒れた口の中が刺激され、そしてさっぱりときれいになっていくような感覚があった。

「結論から言うと、ニナの考えが当たっていたわ」

「…………」

自分の考えが当たっている、と言われたのに、ニナは悲しそうな顔をした。

「何十年も前から『玉楼飯店』は唐辛子の畑を持っていた。街から近くて、比較的モンスターも出ない土地を確保していたのね。『玉楼飯店』は商人から唐辛子を仕入れる必要がないから、料理の原価が低く済む。だから3つの宿でもここが圧倒的に料理が安かったのね」

「……低価格だとお客さんは多く来ますよね」

「相当儲かってたみたいよ。建物が立派なのも、その利益のおかげでしょうね。そうなると当然『山麓飯店』と『源流飯店』も唐辛子の畑を作りたくなるじゃない？　でも、『玉楼飯店』の畑の近くに作ろうとしたら……邪魔されたんだってさ」

「邪魔？」

「『玉楼飯店』が、新たに畑を作ると治安上よくない、みたいな陳情を役所に言ったんだって。自分とこの畑があるのに、隣に畑を作るのがダメだなんてむちゃくちゃな陳情よ。だけど、それが通っちゃった」

「ど、どうしてでしょうか？」

「袖の下よ」

つまりワイロだ。

「ワイロを出せるくらい儲かっていたってことね。役人は『玉楼飯店』の言い分を正しいとして、『山麓飯店』と『源流飯店』には畑を作る許可を与えなかった」

「…………」

きゅっ、とニナは口を引き結んだ。

「玉楼飯店」は被害者のように見えたが、実は加害者だったということになる。

そう——それはニナの考えのとおりだった。

「『山麓飯店』と『源流飯店』が苦労して唐辛子を安定的に商人から仕入れる方法を模索した。それが農村との定期契約と、輸送ルートの確保。契約先が1か所だけだと不作のときに困るからいくつも当たらなきゃいけなかったみたい。もちろんそのぶん、仕入れ値は高くなる。それでも、いつも唐辛子があって、いつも旅人や街の人たちを満足させたいっていう思いがあったからやり遂げたそうよ。それなのに、たまたま今年畑が荒らされた『玉楼飯店』が唐辛子をくださいって言ったって……そりゃ売りたくなんてないわよね」

「……そう、でしたか」

としかニナは言えなかった。

「と言っても、この話は『山麓飯店』の主人から聞いただけだから、どっちが正しいかはわからないけど。『玉楼飯店』にも言い分はあるだろうし」

エミリは肩をすくめた。

一方が正しく、もう片方が正しくない、なんていう単純な構図に世の中はなっていないことを、すでにエミリもニナも知っている。

「……あの、エミリさん。嵐槐さんはチャクラの色についてこうおっしゃいましたよね。娘の福ちゃんはきれいな水色だけど、お父様は……濁ってらっしゃると。お母様もすこし」

嵐槐のチャクラの見立てはこれまでもずっと正しかった。だから、ここの宿の主人になにか後ろめたいことがあるであろうことはあらかじめわかっていた。

「うん。でもさ、チャクラの色を知る前からニナは気づいてたわけでしょ？　ここの主人が真実を話していないかもって」

「……はい。職業柄、相手のことをよく観察します。それで気づいたのですが……ここは北の果ての街ですからそれほどたくさん食べるものがあるわけではありませんよね。しかも、辛いものを召し上がるのでとても汗をかきます。そのような街で、恰幅のよろしいご主人は珍しく――」

「あー、めっちゃ太ってるもんね」

せっかく言葉を濁したのにエミリがずばっと言ってしまう。

「と、とにかく、こちらのご主人はかなり裕福でいらっしゃるのだと思いました。ですが同じような宿が2軒あって、ここだけが裕福というのはどういうわけかと疑問に思いました」

「裕福な理由が唐辛子畑だったと」

「はい。でも、こちらの宿が畑を作れるのなら他の宿も畑を作ればいいでしょう？　なのにできないということは、そこに秘密がありそうだなって……」

「なるほど……あたしに負けない名推理ね！」

特に推理を披露していなかったエミリが胸を張る。

「『メイド探偵ニナ』を名乗ることを許すわ」

「え!?　い、いえわたしはただのメイドで、当然のことで、探偵なんてそんな」

「メイド探偵だから、メイドをしながら探偵をしてもいいのよ！」

むちゃくちゃなことを言い出した。

「よーし、メイド探偵さん。お酒を出して！」

「は、はいっ。――え、今からですか？」

「だって寒いなか歩いてきたからもう酔いが醒めちゃったのよぉ。ねぇねぇ、お酒あるんでしょ？　出してよ、ねぇ」

「しょうがないですねぇ……」

甘えられると断れないニナは、酒瓶を取りにエミリへと背を向けたのだった。

「…………」

そのとき、もぞりと嵐槐の布団が動いたことには気づかなかった。


メイドの朝は早い。暖炉の火は消えており、室内には冷気が漂っていた。新たに火をおこして薪をくべると、残りの薪が少ないことに気がつく。

「――オレが取りに行ってくるよ」

「あ、嵐槐さん」

いつ起きたのか嵐槐が薪を取りに部屋を出て行った。

「ありがたいですねぇ」

手伝いをしてくれる嵐槐にほっこりしながらニナは朝の支度を始める。しばらくするとお湯も沸いて、お茶を淹れるとふわりとした香りが部屋に漂う。

「んう……」

「おはようございます、エミリさん。お茶はいかがですか？」

「いただくぅ」

ちょうどいいタイミングでエミリが起きた――のではなく、ニナはここでエミリが起きるだろうとわかっていたのである。ふだんのエミリの行動を把握しているので、それくらいできるようになっている。

「はぁ……今日も寒いわねえ」

エミリがのそのそと起き出し、木製の窓を開けると外はうっすら雪化粧をしていた。

「さぶさぶっ」

ばたんとあわてて窓を閉めるが、その短い時間でもエミリの吐く息は白く外へと出ていった。

「お茶です」

「ありがとー」

昨晩はニナの酒量調整の結果、二日酔いをするほどにはならなかったエミリなので、お茶を美味しそうに飲んでいる。

「あれ？　嵐槐は？」

「薪を取りに行ってくださっています。……でも、遅いですね？」

宿の備蓄の薪をもらうだけなのに、10分も20分も掛かるものではないはずだ。様子を見に行くべくニナが食堂へと向かうと、

「――はあ？　アンタにそんなこと言われる筋合いなんて、ないんだけど！」

ケンカ腰の声が聞こえてきた。

薪を抱えている嵐槐と、宿のカウンターにいる娘の福だ。

「ど、どうしたんですか？」

「……ニナねえちゃん」

「ちょっと！　アンタの連れのこの子どもだけど、マジで口の利き方がなってないんだけど！」

福は怒り心頭という顔だ。

「いったいなにが……？」

「別に。たいしたことじゃねーよ」

「はあ？　たいしたことだけど!?　この子ども、『唐辛子がないなら他の料理を出せ』って言ったのよ！」

あちゃー、とニナは瞳を閉じて天を仰いだ。

唐辛子がないことに苦しんでいるというのに、そんな言葉を投げつけられたらさすがに腹が立つだろう。

「だってさあ、ここで宿屋やるんだったらそうするしかねーじゃん。畑やってる農民が、不作で穫れるもん獲れなかったのとはワケが違う。農民が畑でなにも獲れなきゃ生きるか死ぬかだけど、宿は別に唐辛子だけがすべてじゃねーじゃん」

「アンタに宿商売のなにがわかるっていうのよ！」

「わかんねーけど、唐辛子がねーから料理がねーってのはただの言い訳だってことはわかる」

「はあああ!?」

「だって昨日、ニナねえちゃんが美味い飯食わせてくれたもんな」

余計なことを言うものだから、ギロッ、と福がニナをにらんできた。

「ていうかさ、本気で苦しいなら唐辛子なしで勝負すると思うんだよな。だけど客が来なくてもいいやって感じの態度だから、ああ、この家は金があるんだなって思う」

「なによそれ!?」

「だから来年までだらだら過ごせばいいやとか思ってるんじゃねーの?」

「ア、ア、アンタねぇ……!」

怒りのあまりにぶるぶると福が震えていると、

「——おいおい、どうしたんだ? 朝から騒いで……」

「お父さん!! 聞いて! この子どもがウチの宿をバカにするのよ!」

宿の主人は娘に泣きつかれ、「困ったな」という顔をする。

「バカにしてねーよ。ただ、唐辛子がなくても料理を出せって言っただけだろ」

嵐槐が言い返すと、ぎょっとした顔で主人は、

「……こ、この北方の街の宿で求められているのは唐辛子料理だからね……」

「客のオレが、唐辛子じゃなくていいっつってんの」

「だけど……」

「ていうかさ、自信がないんじゃないの? オレの村の宿の主人は、田舎の宿だけど飯は最高のも

のを出すっていつも張り切ってるぜ。だけど、唐辛子がないってだけで料理を出さないってことは、料理の腕に自信がないとしか言えないよな？」

「そんなわけないでしょ!!　お父さんは料理のプロなんだから!!」

「ふ、福、その辺にしときなさい」

「お父さんもお父さんよ！　言い返してよ！　それで唐辛子なしの料理を食べさせてやって！」

「お、作ってくれるの？　それならオレはうれしいけどなぁ〜。ねえ、それならニナねえちゃんもいっしょに作るってのはどう？　ニナねえちゃんはプロのメイドだけど、料理の腕もすごいんだぜ」

「お父さんに勝てるわけないじゃない！」

「そりゃ試してみないとわかんねーじゃん」

「わかるわよ!!」

「それじゃ勝負するか？」

「いいわ！　もし負けたらアンタ、この宿でタダ働きさせるからね!!」

当のニナと、宿の主人を置いてきぼりにして、嵐槐と福のふたりで勝手に料理勝負の実施が決まってしまった。

真っ赤になってぷりぷりしながら父の背中をぐいぐい押して厨房に押し込む福と、

「嵐槐さん……どういうつもりですか？」

「にしししっ。これで美味い飯が食えるならいいじゃん？」

戸惑うニナに「してやったり」と嵐槐は笑うのだった。

広い厨房を使って料理勝負が始まる——と言いたいところだが、勝負自体はあっけなくついた。短時間で何品も用意するニナに比べて、「玉楼飯店」の主人はひとつひとつの作業がもたもたしており、できあがる料理の味もイマイチのものだったのだ。

味の差もはっきりしていた。娘の福の目から見ても明らかなほどには。

「こ、こ、こんなのウソだもん！　ズルしたのよ！」

「どーやってズルすんだよ。まあ、オレはこんな料理でも美味いって思うけどな」

嵐槐はニナの料理も、宿の主人の料理もどっちも平らげていた。騒ぎを聞きつけてやってきたエミリは話の経緯を聞いて「なにしてんのよ」と呆れていたが、それでもニナの料理はしっかりと食べた。

「なあ、唐辛子なくてもいいから料理出してくれよ。オレ、別に辛い料理そんなに得意じゃねーし」

「…………」

福はぶるぶると震え、父は決まりが悪そうにして厨房に引っ込んでしまった。

「……アンタに、なにがわかるのよ……」

福はかろうじてそれだけ言った。

「さっきから言ってんじゃん。オレにはわかんねーよ」

「……アタシたちは、ここで生きていくしかないのよ。旅なんてしてるアンタには、わかんないのよ……」

「ああ、そうだよ。こんないいところで暮らしてるお前の気持ちなんて、オレにはわかんねーよ」

「！」

目を見開いた福は、

「いいところ、ですって!?　なんの皮肉よ！」

「いいところはいいところだろ。立派な宿があって、来年まで食うに困らないくらい金があって、畑で唐辛子が獲れればまた金儲けができるんだろ？」

「…………」

ぽろっ、と福の目から涙がこぼれた。一度こぼれると、まるで堰《せき》を切ったようにぽろぽろとこぼれ始めたのだった。

「お、おい……」

さすがにこれは予想外だったのか、嵐槐がなんと声を掛けていいかわからなくなっていると、

「出て行って……ウチから、出て行って……お願いだから出て行ってよ……」

懇願するように福は言ったのだった。

これ以上はさすがに居座るわけにもいかず、ニナたちは「玉楼飯店」を出たのだが、福の姿はもうどこにもなかった。

幸い「源流飯店」に空き部屋が1つあり、狭めの4人部屋だったがなんとかそこを確保できた──のだが、

「嵐槐ぃ〜〜〜」

「いだっ、いだだだっ！　や、止めてくれよ、エミリねえちゃん！」

エミリが嵐槐のこめかみにゲンコツを当ててぐりぐりやっていた。

「アンタ、どういうつもりよ？　宿の子をいじめてなにがしたかったわけ？」

「う……べ、別にいじめなんてしてねーよ」

ぐりぐりから逃れた嵐槐は、寝台に腰を下ろして、ばつが悪そうに言う。

「……こんな恵まれた生活送ってるのに、『被害者です。つらいんです』みたいな顔をしてるのが気にくわなかったんだよ」

貧しく、しかも両親もいないという生活を送っていた嵐槐からすれば、確かに福は恵まれていると言えるだろう。

「で、その思いの丈をぶつけて、気分はよかったわけ？」

「……ううん、全然。なんかもっともやもやしてる」

「そりゃそうよね。他人の尊厳を、誇りを、踏みにじっただけだもん」

「え、ち、違うって、そんなつもりじゃ！」

「アンタがやったのはそういうことよ。ニナまで巻き込んでさ」

暖炉の火をおこしていたニナは困ったように振り返った。

「わたしはてっきり、嵐槐さんになにか目的があるのかと……」

「ふつうはそう思うわよね。あそこの宿の主人になにか気づかせるとかさ。だけどさニナ、この子、まだ12歳よ？　単に憂さ晴らししただけよ」

「うぐっ」

エミリの辛辣な言葉で、嵐槐はがっくりとうなだれた。

「……オレ、謝ってくる」

「待ちなさい。今行ったってダメよ。もうちょっと時間が経たないと。せめて2、3日」

「うぅ、その間ずっと、このもやもやを抱えたままなのかよ……」

「アンタねぇ、自分で蒔いた種でしょ？　福ちゃんがそれで喜ぶわけでもあるまいし、謝ってすっきりするのはアンタだけよ。そういうところが、他人をまったく想像できてないってところなのよ。いい機会だからアンタはしっかり反省なさい」

「はい……」

どんよりとして頭を抱える嵐槐と、腰に手を当ててふーっとため息を吐くエミリ。

それを見たニナは、「ほんとうのお姉さんみたい」だとちょっとだけ思った。

「……あの、エミリさん。申し訳ありませんでした。わたしも浅慮でした」

ニナがエミリにこっそりと謝る。

「なんでニナが謝るのよ」

「わたしがもうちょっと上手く振る舞えれば……それに事前に嵐槐さんの思惑を確認して……」

「ああなっちゃったらもうしょうがないわよ。たぶんだけど、昨日のあたしたちの会話を嵐槐は布団のなかで聞いてたんじゃないかしら……で、農村で育った嵐槐は怒った、と」

「なるほど……」

「まあ、こういうのもいい経験でしょ。取り返しのつかない損害があったとかそういうわけじゃないし……それに、嵐槐の言うことももっともだし」

「えっ？　と言うと？」

　エミリは腕を組んで唸った。

「実はね、『山麓飯店』で食べた料理はさ、工夫が凝らされてて美味しかったの。料理の値段が高くなるぶん、ちゃんと美味しくなるようがんばってるのよね。今までだってさ、安いからって『玉楼飯店』にみんなが行くわけじゃなくて、『山麓飯店』をひいきにしているお客さんもいた。そうでなきゃこの街の宿は１軒だけになってたはずよね。あたしも、ひょっとしたら『玉楼飯店』の料理は安いだけで、そんなに腕はよくないんじゃないかって正直思ってたもの」

「エミリさん、宿のご主人のお料理を召し上がってませんよね？」

「見ればわかるわよ。野菜の切り方も、肉の火の通し方も微妙。あれだけ大きい宿だから、ふだんは人を雇って作らせてたんでしょ？　さすがに娘の前で赤っ恥かかされたのには同情しちゃうけど」

「……も、申し訳ありません」

そこに手を下したのが自分だと思うと、複雑な気持ちになるニナである。

「大丈夫よ、今まで恵まれた環境であぐらをかいていた主人にもいい薬だったんじゃない？　それにさ、嵐槐も12歳の女の子よね。いろいろ考えて行動できるわけじゃない。あたしたちも変に知識を与えすぎたのかも」

難しいわね、教育って。

そんなことをぽつりとエミリはつぶやいたのだった。

だけれど、この料理勝負の一件は、思わぬところに波紋を起こすことになったのである。

そのころ――アストリッドとティエンは、昼だというのに薄暗いなかを進んでいた。針葉樹林によって陽射しは半分遮られ、さらには分厚い雲が空に垂れ込めていて、ひっきりなしに雪が降る。足元には当然雪が積もっており、兵士や冒険者の往来によって踏み固められた道と、それ以外との区別がつきづらくなっていた。

「うう、前線基地に着いたら強いお酒をいただいて、身体を温めなくっちゃなぁ……」

「…………」

「よく煮えたラム肉の鍋なんかをつついたりして……」

「……ごめんなのです、アストリッド」

ぶつぶつと自分の欲望を垂れ流していたアストリッドは、後ろから聞こえた謝罪の声に、振り返った。そこにはもこもこの毛皮の外套を着込んだティエンがいる。

「お？」

「チィが月狼族の人に会いたいとか言わなければ、こんなところまで来ることなかったよね……」

「あはは、なーに言ってるんだい。この雪のなかを進むのは確かに厄介だけど、これだけの寒さのあとにいただく強いお酒と温かい食事は最高のごちそうだよ？　私は結構楽しみにしてるんだ」

「……そうなのですか？」

「そうだよ！　だって真夏の暑い日に飲むエールは最高じゃないか！」

本気の目で力説されたせいで「そ、それはよかったのです」とティエンは言うしかなかった。

ふたりが最前線の基地に到着したのはそれから1時間ほどあと——時間にして、正午を少し過ぎたくらいだった。

ここまで来ると最北の山脈は目の前に見えている。つまりこの開けた場所は山裾なのだ。

ログハウスがいくつか建っていて、一帯を木製のバリケードで囲っている。それらは先端を削って尖らせてあったが、半分ほどが雪に埋もれていた。

「静かだねえ」

ひっそりとしていたけれどすべてのログハウスの煙突からもうもうと煙が上がっているので、人はいるのがわかる。

歩哨の兵士もいないが、さすがにこの寒さで立ち尽くしているのはつらいのだろう。数人ぶんの、真新しい足跡があったので見回りはしているようだけれど。

アストリッドとティエンは、ひときわ大きなログハウスへとやってきた。扉についているノッカーでガンガンと叩き、雪を払って待つと、やがて扉が開いて大柄な兵士が現れた。なかからはまばゆいばかりの光と、温かな空気が出てきた。

「なんだなんだ、女じゃないか。こんなところまでよく来たなあ。さあ、入りなさい」

「ありがとう」

ログハウス内には巨大なテーブルが置かれてあり、それを5人の男が囲んでいた。暖炉ではぱちぱちと薪が爆ぜていた。

「溶ける……」

その暖かさに思わずアストリッドの口から言葉が漏れる。いくら分厚い手袋をして、長靴を履いていたとしても指先や足先の冷たさはどうしようもなかったのだ。そんな冷え切った身体を暖気が包んでいく。

最北の地のオアシスだと思った。

すると、

「ん？　なんだね、そちらのお客は」

司令官らしきちょびひげの男性がたずねてきた。

「ああ、私たちは――」

言いかけたアストリッドは、凍りついたように止まった。

司令官らしき人物の、隣にいる——身長は１９０センチはあるだろう、がっしりとしたすばらしい肉体の持ち主。

いた、と思った。

ついに、と思った。

その人物は、ノストの軍服に身を包んでいるが、袖から出ている手は、ヒト種族のそれとは違うふっさりとした毛に包まれている。

なにより、頭だ。

青みを帯びた黒髪は長い。頭頂部にひょこんとふたつ、先端が白っぽいオオカミ耳が飛び出している。

「——お前は」

彼は、低くしゃがれた声で言った。鋭く細い目がいっぱいに開かれている。

鋭利な印象を与える男——月狼族の男。

着ている服こそノストの軍服だが、ノストらしからぬネックレスを首から提げている。革紐で、色とりどりの磨かれた小石を通したネックレスだった。

アストリッドはティエンを振り返った。

「あなたが……レイリン、ですか」

ティエンが毛皮の帽子を取ると、そこにはひょこんと同じオオカミ耳がある。

「チィはティエン。チィと同じ月狼族がいると聞いて会いにきたのです」

「────」

男は、レイリンは息が止まったように数秒動かなかったが、

「そうか……お前は、シャオとツィリンの娘だな」

そう、はっきりと言ったのだった。

この人は知っている、ティエンのことを。

そして、ティエンの両親のことを。

だけれど次に彼の顔に浮かんだ表情は、

「──許さん」

怒り、だった。

え、とアストリッドが声を上げる間もなかった。

レイリンは跳躍した──たった一歩でテーブルを飛び越え、ティエンの目の前に降り立った。その右手がティエンの喉元をつかむ、という寸前、ティエンの左拳がレイリンの手首を跳ね上げた。

「なにをするのですか」

「ガアアアアッ！」

だがその程度では止まらない。レイリンは左手でティエンの外套の袖をつかむ。ティエンは振りほどこうとしたがレイリンの力はすさまじく、彼女は引っ張られて投げ飛ばされる。広いとはいえ、所詮はログハウス。反対側の壁に激突するという瞬間、ティエンはくるりと身体を回転させて両足

で壁面に着地すると、壁を蹴って弾丸のような速度でレイリンの顔目がけて蹴りを放つ。レイリンは上半身をひねっただけでそれをかわし、のみならずティエンの身体へと、横薙ぎに手刀を放った。空中にいたティエンはかわしきれず、両腕でそれをガード、彼女の身体は吹き飛ばされ、ログハウスのドアに激突する。ドアはその衝撃で外側に外れて吹っ飛び、ティエンも外へと転がっていった。

止まっていたかのような時が、動き出す。

「な、な……なにをしておる、レイリン!!」

「ティエンくん!」

司令官が叫び、アストリッドは駆けだした。雪の上に転がっていたティエンは、すぐに起き上がる。

「大丈夫なのです、全然効いてないから」

「だ、だけど……」

降りしきる雪の向こう、ゆらりとレイリンがやってくる。

憎悪をたぎらせるその顔に、思わずアストリッドは息を呑んだ。

いったいなんなのか。ティエンは初対面のようだったが、向こうは明らかにティエンのことを知っている。

「止めろ!!　レイリンを止めろ!」

「はっ!」

司令官が指示を出すと兵士たちが駆け寄って3人掛かりでレイリンの腕をつかみ、腰をつかんだ。

「離せッ!!」

「レイリン！　司令官命令だぞ！」

「離せェッ!!」

レイリンは身体を振ってひとりの兵士をはね飛ばしたが、それでも他の兵士はがっちりと押さえ込んだ。彼らもまた優れた肉体の持ち主だった。

ティエンも、急に攻撃されたことで戸惑いよりも怒りをあらわにしている。

いまだに緊張状態は続いている——というところへ、

「——おーい……！」

声が聞こえてきた。

「——誰か、誰かいないか……！」

薄暗く、雪のカーテンが掛かっている北方から走ってきたのは兵士だった。

「あれは……偵察チームか。なんだなんだ、次から次へと」

司令官が外へと出てきた。

「——司令官……！　大変です!!」

その姿に気づいた兵士が最後の力を振り絞って走ってくる。

「た、た、大変です……ハァ、ハァ、敵が、せ、迫っています……」

「敵……冬の悪魔どもが動き出したか」

「は、はいっ！　間違い、ありません！」

「レイリン、聞いたな」

「……はっ」

「貴様の行動に理由がないとは思わぬが、今はそれどころではない。総員、戦闘態勢に入れ!!」

「はっ！」

ログハウスの隣にあった巨大な銅鑼を、兵士のひとりが打ち鳴らした。うっすらかぶっていた雪は震動で落ち、その音は大気を震わせ、この前線基地のどこにいても聞こえるほど響き渡る。

「客人――街からの伝達や冒険者の依頼ではなさそうだな。つまるところ、目的はレイリンか」

司令官に問われ、アストリッドはうなずく。

「……そのとおりです」

「そうか。だがそれは後にしてくれ。我らは、我らの務めを果たす」

すでにレイリンや他の兵士たちの姿はここにない。武装のためにログハウスへと戻ったのだ。他のログハウスからもぞろぞろと兵士や冒険者たちが出てくる。

「今より我らは、冬の悪魔との戦闘を開始する」

考え得る限り最悪のタイミングで、アストリッドたちはここに来てしまったらしい。

第4章　月狼族の行方

「玉楼飯店」から「源流飯店」へと宿を移したニナたちだったが、アストリッドとティエンの帰りを待つということは変わらない。そして、特にやることがない、という点においても変わらないのだった。

ニナは街に買い物に出かけ、エミリは冒険者ギルドを見に行くという。そうなると嵐槐はなにもすることがない――いつもならふたりのうちどちらかについていくのだが、昨日「玉楼飯店」の娘の福とやり合ったせいでそういう気分ではなかった。あれ以来、考え込むことが増えた嵐槐はひとりでいる時間が増えた。

昼が過ぎても部屋でだらーっとしていた嵐槐は、暖炉の火がくすぶり、消えたのを見届けてから部屋を出た。

「はぁ……」

ため息とともに食堂に入ると、ランチタイムが過ぎてそこも閑散としていた。

「あらあら、もうお昼時間終わっちゃったわよ」

ひょろりとした「源流飯店」の女将さんが出てきた。

「…………」

嵐槐は布団のなかで、ニナの推理を聞いていた。ニナは「玉楼飯店」の店主を見たときに「この街にしては珍しく太っていて、つまり儲かっている」ことを見抜いていた。

（ニナねえちゃんはすげえ）

嵐槐は思った。

（メイド？　って腕もとんでもないのに、「当然です」っていつも言ってる。しかも、それだけじゃねーんだ）

アストリッドの知識や、エミリの魔法、ティエンの腕力とは全然違う特徴ではあったけれど、農村に生まれ育った嵐槐であっても、さすがにニナのメイドスキルが異常であることに気づいていた。旅においてはさらにニナの存在が光る。料理はもちろん、身の回りの世話や、ちょっとした不快を快適に変えてしまうアイディアなど、彼女の腕前を知る場面がたくさんあった。

（それに引き替え……なんだよオレは）

相手のチャクラの色を見ることができる。この「源流飯店」の女将さんはきれいな赤だ。この宿を選ぶときに嵐槐が確認して、それをエミリたちにも伝えている。

（チャクラの色だけで相手がいいヤツか悪いヤツかを勝手に判断して……もめ事を起こした。なにやってんだよ、オレは……）

思い悩んで黙り込んだ嵐槐を、女将さんは「ご飯を食べ損ねてしょんぼりしている」と勘違いしたのだろう、

「あらあら、それじゃあウチの賄いを分けてあげようかねえ」

「……え？　あ、いや、大丈夫っすよ！　別にオレは――」

「子どもは遠慮なんてしないのよ。こっちにおいで」

「あ、す、すんません……」

女将さんに連れられて入った厨房では、すでに料理人たちも食事を終えていたようで鍋におかゆが残っているきりだった。

「みんな奥の部屋でお昼寝してるから、静かにね」

「昼寝っすか」

のんきでいいなあなんて嵐槐が思っていると、

「朝から泊まりのお客さんの朝食を準備して、そのままお昼の仕込みでしょ？　お昼が終わった今、ちゃんと寝ておかないと、夜の営業がもたないからねえ」

「…………」

全然のんきじゃなかった。

「はいどうぞ」

厨房のテーブルに、おかゆが椀に入って差し出された。女将さんも自分の椀を用意してからお茶を淹れる。出がらしのお茶だったが熱くて美味い。

嵐槐はスプーンでおかゆを口に運ぶ。

「……おかゆ、美味いっすね。いろんな食材が入ってて」

「そう？　残り物を入れただけだけどねえ」

「オレ、こういうの好きです」

「いっぱい食べなさいよ、大きく育たなきゃね。それに女の子は『オレ』なんて言葉使わないの」

「!?」

　ぎょっとして嵐槐は女将さんを見た。

「え、あれ、オレ自分が女だって言ったっけ」

「わかるわよぉ。だってそんなに可愛い顔してるんだもん。着飾ったらもっともっと可愛くなるわよぉ」

「い、いや、そんなの別に……」

　ここまでストレートに容姿を褒められたのは初めてかもしれなかった。

「髪だってきれいだしねえ」

「こ、これはニナねえちゃんが毎晩手入れしてくるから……」

　むずがゆいような感覚に嵐槐があたふたしていると、女将さんは、

「ウチの娘も可愛いのよぉ。３人いたんだけどね、みーんな結婚して出て行っちゃった」

「え、出て行った……？」

「ウチは宿屋でしょ？　だから泊まりのお客さんだったり、食事に通うお客さんと仲良くなったりしてねえ……」

「じゃ、この宿は跡継ぎがいねーの？」

「やりたいって言ってる若い料理人がいるから、若いのに任せて、アタシたちは引退するかもねぇ」

「そう、なんだ……」

「みんな中央府で成功してやるんだって出て行くんだけど、珍しくこの街でずっとがんばりたいって言ってる子だからさ」

中央府。

嵐槐は行ったことがないが、話を聞くにとんでもなく大きい街だという。

「誰もが成功できるわけじゃないのよ、中央府に行ったって。それこそ料理人だって星の数ほどいるんだし」

「それじゃあ、どうして中央府になんて行きたがるんだ？」

「チャンスがあるからじゃない？　大店がいっぱいあるから料理の腕も磨けるし、偉い将軍やお役人さんに認められて成功すれば、立派なお店を持たせてもらえるって話よ。ウチや『山麓飯店』の主人は行ってないけど、『玉楼飯店』の主人は勉強しに行ってたわ」

「え、あそこの親父が……？　料理なんて全然できなかったけど」

思わず嵐槐が言ってしまうと、

「あら。『玉楼飯店』で食事したのぉ？」

「あ、あー……いや、その、なんだ……あそこの娘と言い争いになって、なんか、なりゆきでさ……」

「福ちゃんと？　あらあら、同じ年頃でしょうに、仲良くしなさいよぉ」

「仲良くなんてできねーよ。だって唐辛子畑を持ってるからってあぐらをかいてたような宿だぜ！」

　嵐槐が言うと、女将さんは目を瞬かせた。

「そんなことまで知ってるの？　……福ちゃんがどうしてるって言ったっけ？　おばさんに話してみなさい」

「あ、で、でも……」

「いいから」

「うっ」

　有無を言わせぬ迫力に嵐槐はたじろぎつつ、結局、すべての経緯を洗いざらい話すことになってしまった。ふむふむと話を聞いていた女将さんは、最後には「はぁ〜〜」と長々とため息を吐いた。

「なるほどねぇ……『玉楼飯店』は大丈夫ってウチの人は言ってたんだけど、結局、唐辛子を売らなかったのね……」

「え、どういうこと？」

「『玉楼飯店』さんの畑が荒らされたことはみんな知ってるからさ。アタシも、『山麓飯店』の奥さんも、『玉楼飯店』さんに唐辛子を融通してやろうって話してたのよ」

「え!?」

　そんな話は聞いてない。エミリが「山麓飯店」の主人から聞いたのは「唐辛子を売らない」という結論だけだった。

「だけどウチの人は……そうかぁ、商人に売るなって言ってたのかぁ……なるほどねぇ」

すっくと女将さんは立ち上がった。

「あの……女将さん、怒ってる？」

「……怒ってないわ」

女将さんは顔こそにこやかだったが、嵐槐の目にははっきりと見えているのだ。チャクラが、真っ赤に燃え上がって彼女を包み込んでいるのを。

「――アンタァ！　起きなさい！」

ほらやっぱり怒ってる！

女将さんの声が雷のように響き渡ると、奥の部屋に続く引き戸がガラッと開いて、なかから小柄な主人が出てきたのだった。後ろ髪が跳ね上がって寝癖がついている。

「お、お、お、お前、なんだよ、昼寝の時間だぞ」

「昼寝なんてしてる場合かい！　アンタ！『玉楼飯店』さんに唐辛子売らなかったんだってッ!?」

「――――」

ぱくぱくと主人は口を動かしていたが、言葉は出てこなかった。そして嵐槐に気づくと「お前が言ったのか」とにらんでくるのだが、

「バレないとでも思ってたのかい！　そんなの町中のウワサになっていずれはアタシの耳にも入ってくるんだよッ！　唐辛子も売らねぇ、ケツの穴の小せえ旦那の嫁って言われんだァッ！」

「で、でもなぁ、最初に唐辛子畑の邪魔してきたのは向こうでよぉ……」

「でもも、へちまもあるかいッ！　今すぐ唐辛子を担いで持ってくんだ！　若い連中を起こしな！」

「う、ううっ」

「返事！」

「はいぃ」

よろよろと主人は奥の部屋へ入っていったが、すでに他の料理人たちも起きていた。

「お、女将さん……」

嵐槐は震える声で女将さんに声を掛けると、顔こそにっこりして女将さんは振り返り、

「それじゃ『山麓飯店』にも行こうかねぇ。きっとあすこの奥さんも、アタシと同じ気持ちになるよ」

「ひぃっ」

女将さんから立ち上るチャクラに、伝説の生き物、龍を見た嵐槐だった。


女将さんの言ったとおりになった。事情を知らなかった「山麓飯店」の女将さんは真実を知って怒り心頭に発し、主人を呼び出した。こちらの主人は「源流飯店」の主人より強情だったが、「そんなら倉庫の唐辛子に火を点けてきます。乾燥してるからさぞかし燃えるでしょうねえ」と女将さんが言うと真っ青になって、折れた。

「……昼から『山麓飯店』に『源流飯店』の主人が顔をそろえて、いったいなんの騒ぎ……だ、って……え？」

驚いたのは「玉楼飯店」の主人だった。

巨大な麻袋に入った唐辛子がふたつの宿屋から5袋ずつ、合計10袋運び込まれたのだから。若い料理人たちは欠伸《あくび》をかみ殺しながらそれぞれの宿へと戻ると、そこには3人の主人と3人の女将さん、それに嵐槐だけが残った。

「ごめんねえ、『玉楼飯店』さん。うちの主人が了見の狭いことをやっちまってねえ……」

「ほんとに。苦労なさったことでしょう」

「うっ、うっ、ごめんなさい、ごめんなさい……了見の狭さで言えばウチが畑を独占してるからなのに……」

泣いている「玉楼飯店」の女将さんを、ふたりの女将さんが慰めている。

一方の主人は、唐辛子の袋を前に居心地悪そうにしていた。

「……まあ、こんだけありゃ、商人が唐辛子を運んでくるまでは間に合うだろ」

同じように居心地悪そうに「山麓飯店」の主人が言うと、

「ど、どういうことだ……？」

「売るって言ってるよ、商人たちは。アンタに、唐辛子をさ」

「な、なんでだ……？　唐辛子を売りたくないんだろう？　そりゃ、そうだよな、ウチは恨まれても仕方がないことをした……」

「……それはそうだけどね、この街に宿は3つしかないし。ふたつになったら寂しいでしょ。ふつうに、収容しきれなくなっちゃうし」

「源流飯店」の主人が言った。

「…………」

「…………」

「…………」

男3人が集まっても話が盛り上がらないのだが、そこに割って入ったのは嵐槐だった。

「オレもわかんねーんだけど、どうして唐辛子を分けることにしたんだ……？　ここのオッサンは、来年までなんとかなるくらいお金持ってるんだよな？　じゃあ、別にそれでいいじゃん。そもそもここのオッサンが畑の邪魔をしたのが始まりなんだし、自業自得だろ？」

「君、直球で言うよね……」

「玉楼飯店」の主人が傷ついたような顔をした。

「そう、私の自業自得ではある……でも、今回のことでほんとうに反省した。ウチだけじゃあ、やっていけない。所詮は吹けば飛ぶような零細の宿なんだ。だ、だからもし、もしまだやり直せるなら……『山麓飯店』『源流飯店』のおふたりと協力し合える関係になりたい……って、思った」

「虫が良すぎるんじゃね——いだっ!?」

嵐槐の頭に「山麓飯店」主人の拳が振り下ろされた。

「お前の目は節穴か」

「え、ええっ!?　なんなんだよオッサン、いってぇ〜……」

「『玉楼飯店』の主人の手を見ろ。包丁傷がいくつかできてる」

言われ、「玉楼飯店」の主人はあわてて両手を背中に隠したが、確かに切り傷がいくつもあった。

「もともとこの人は自分で料理をする人だったがな、中央府に行って、戻ってきてからは厨房に立たなくなった。それがどうしたわけか、今日は傷を作っている」

「………………」

「どういうことか、心当たりがあるんじゃねーか？」

「……ああ」

心当たりは、ある。

ニナとの料理勝負だ。あれで惨敗を喫した「玉楼飯店」の主人は、このままではダメだと料理を再開したのだろう。

「……これでも料理の腕に自信はあったんだよ。だけどさすがに、腕は鈍っていたし、昨日のことで自信は木っ端微塵になった」

へへ、と笑った「玉楼飯店」の主人に、「源流飯店」の主人もうなずく。

「若いころのこの人の腕はそりゃあすごかったよ。この人の料理目当てで他の街から人が来るくらいにはね」

そんな姿は今の彼からはまったく想像できない。「玉楼飯店」の店主は言う。

「……私は中央府でもやっていけると思ったんだ。だけどそう甘くはなかった。有名料理店の門を叩いた私はそこで現実を知った。私程度の腕じゃ見習いにもなれなかったんだ」

ごくり、と話を聞いていたふたりの主人がつばを呑んだ。ふたりはこの街を出たことがないので中央府の事情を知らないのだろう。

「それで……夢破れて、と言えばなんかそれっぽく聞こえるけど、負け犬の私はこの街に逃げ帰った。もう包丁は握りたくなかったから、料理人を雇って、適当に儲ける方法だけを考えるようになったんだ……」

「その結果が唐辛子畑、か」

指摘され、こくり、と「玉楼飯店」の主人はうなずいた。

「おい坊主」

嵐槐の頭に、「山麓飯店」主人の分厚い手のひらが載せられた。

「男ってのはな、間違いを認めなきゃいけないときがある。だけどそんときに腐っちゃならねえ。『玉楼飯店』の主人が、またイチからやり直すってんなら、それを応援してやるのも男だ」

嵐槐は、納得できるような、できないような気持ちで聞き返す。

「……ここの主人は自業自得だけど、手助けしてやろうと思った理由がそれなの？」

「知るかい。男が細かいこと気にするんじゃねえ。俺らはそろそろ帰るぞ——昼寝の時間がなくなっちまうわ」

そのとき嵐槐は、入口のカウンターの向こう側で、福がこっちの様子をこっそりとうかがっているのに気がついた。

——はあ？　アンタにそんなこと言われる筋合いないんだけど！

と激昂していた福。

彼女のチャクラは濁りひとつない水色だった。

福は、この街で生きていかなければいけない自分の運命と、ちゃんと正面から向き合っていた。だからこそまったくお客さんが来ない現実を前に、苦しんだ。

やれることはあるからもっとやれ、唐辛子料理が出せないなら違う料理を出せ、と言った嵐槐は、自分が間違っていたとは思わない。でも、福の苦しみに寄り添う気持ちは自分にはなかった。福は「恵まれていて」、自分は「恵まれていない」という線引きを勝手にして、勝手に自分の感情をぶつけただけだった。

謝らなきゃ。

なんて言えばいいかわからないけど、謝らなきゃ。

そう思って嵐槐が動き出そうとしたときだった。

宿の扉が開いて、肩で息をする少女が飛び込んで来た――エミリだった。

「嵐槐!!」

「嵐槐！　ここにいたのね!?」

「エ、エミリねえちゃん？　どうしたの、そんなに汗だくで」

走り回ったのだろうことがわかる、エミリの様子だった。

「そりゃあんたを捜してて……」

とエミリは宿の内部を見て、気づく。

「ええ!?　宿の主人と女将さんが勢揃い!?　なにこのメンツは!?　でも、ちょうどいいかもしれないわ」

ちょうどいい、とはどういうことかわからないでいる嵐槐にエミリは言う。

「最前線の要塞がモンスターによって襲撃されたって情報が入ったの。これから兵士や冒険者たちが一気に北を目指すわ。そのためにお弁当を作って欲しいって」

「！」

はっ、として全員が全員の顔を見た。

そしてエミリが告げた内容がまったく予想外、というわけではなかったのだろう――彼らはすぐにその事態を受け入れた。

「わかった。すぐに対応しよう――おう、料理人を叩き起こして、火を入れろ」

「はいな！」

「山麓飯店」の主人が動き出すと、

「ウ、ウチも行こう」

「もたもたすんじゃないよ、アンタ！」

「源流飯店」も動き出す。

「な、なにか手伝えることはないか――」

「――『玉楼飯店』さんよ、アンタたちはとにかくメシを炊いてくれんか。料理人はおらんだろうが、米は炊けるだろ。米がありゃなんでもできる」

「わ、わかった」

そうして「玉楼飯店」も動き出す――と、

「あたしたちも行くわよ、嵐槐。ちょうど宿の人たちが集まってくれて助かったわ。なにをしてたのかは――まあ、聞いてる時間もないけど」

「あ、う、うん」

福になにか言わなきゃ――と思っていた嵐槐は視線で福を捜すのだが、すでに彼女はこの場にいなかった。

外に出てみると、通りに人影が多く、ものものしい雰囲気が漂っているように嵐槐には感じられた。

武装した兵士が走り、冒険者パーティーが集まって行動している。

「なあ、エミリねえちゃん。最前線の要塞って、アストリッドせんせーとティエンねえちゃんがいるところだよな？　ふたりは大丈夫なの？」

「…………」

エミリは黙って嵐槐を引っ張ると、「源流飯店」へと入った。厨房から物音が聞こえるのは主人と女将さんが料理人たちに指示を出しているのだろう。大移動に備えて弁当が大量に必要になる。食料の備蓄も吐き出され、中継基地に運ばれるはずだ。

部屋に戻るとニナがいた。先にエミリから情報を聞いていたらしく、出立するための荷物が整えられている。

「エミリさん、嵐槐さんは……いらっしゃったのですね。よかった」

「まず先に言っておくと冒険者ギルドに届いた連絡は、『前線基地がモンスターに襲撃された』という内容だけで、アストリッドとティエンが無事かどうかはわからないわ」

「そんな!?　今すぐ助けに行かなきゃ！」

「落ち着いて、嵐槐」

「だ、だけどよ！　心配じゃん！」

「黙って」

「！」

真剣な目に見つめられ、嵐槐は口を閉じた。

エミリはふだんおちゃらけていることが多いのだけれど、モンスターとの戦闘では冷静かつ正確に魔法を操ってモンスターを倒した。そういうとき、エミリは真剣そのものの顔になる。まるで一振りの、抜き身の剣のような真剣さだ。

その切っ先が自分に向けられ、初めて嵐槐はエミリを怖いと思った。

「そもそもなぜ前線基地なんてものがあるのかというと、冬にモンスターが発生するらしいの。寒さの化身みたいなモンスターたちで、ここでは『冬の悪魔』って呼ばれてる。そいつらが暴れると寒波が北から徐々に南まで下りてきて、雪も降れば動物も死んでしまうから食べるものがなくなってしまい、死者も多く出てしまう。前線基地はそのモンスターを間引くのが仕事なんですって」

「毎年やっていることなのでしょうか？」

ニナが聞くと、エミリはうなずいた。

「なるほど……だから、月狼族のレイリンさんは次の春まで前線基地に駐屯しているということなんですね」

「まさにそのとおりよ。今年はいつもより早い冬の悪魔の発生だった。いつもならすこしずつ発生するモンスターを倒していくんだけど、一気に増えたから、前線基地が襲われ、そこで戦闘になっているって話。レイリンさんは月狼族の戦闘力を期待されているんでしょうね」

前線基地、中継基地、この街の砦と、特殊なのろしを上げることで連絡を取り合えるようになっており、前線の情報はほぼリアルタイムで入ってくるということもエミリは付け加えた。

「でもピンチばかりじゃなくて、急な冬の悪魔の発生はチャンスなんだって。ここで一気に冬の悪魔を減らせれば、後がぐっと楽になる。だから兵士だけじゃなく、冒険者にも依頼が発注されてる。移動で1日半、向こうの戦闘はたぶん2日とか3日。割のいい戦いだって喜んでるわ、冒険者たちは」

命がけの戦闘であることは間違いないはずだ。なのに、割のいい、なんて聞いて嵐槐は耳を疑った。

冒険者の考えることがまったく理解できない——少なくとも嵐槐が生きてきた農村では、命をコインにして賭け事をするような連中はいなかった。

「それじゃ、あたしは行くわ」

そして当然のようにエミリは「行く」と言った。

（なんで……なんでだ？　危険なんだろ？　軍が出て行って戦うような相手なんだよな？　それで、

南の人たちが寒さで死なないようにするんだよな？　なんでエミリねえちゃんが？）

あまりに多くの情報が入ってきて、頭がぐるぐるしている嵐槐の前でエミリは言う。

「ニナ、荷物の準備ありがとう」

「いえ……今回はわたしも行こうかと思います」

「え？　ニナが？　ここからは純粋に戦闘よ？」

「今、エミリさんがおっしゃったように、移動に1日半掛かるなら、向こうに着くころには身体が冷え切っています。そのコンディションで満足には戦えないでしょう？」

「それは……まあ、確かに。ニナが来てくれて、温かい料理を出してくれたら、あたしだけじゃなくてみんな喜ぶわ。当然、生存確率が上がると思う」

実感を込めてエミリが言う。

食事は、身体のエネルギーになる。いいものを食べたかどうかで身体の活力が変わってくる。冗談抜きで生死を分ける可能性があるのだ。

「あとは嵐槐のことだけど」

「オ、オレも行く！」

思わず嵐槐は言っていた。魔導士のエミリだけでなく、メイドのニナが最前線に行くと言っているのだ——自分がここに残っていていいはずがない。

当然、そう思った。

「ううん、連れてはいけないわ」

なのにエミリはあっさりと却下した。

「ど、どうして……！」

「苦しい戦闘になったらあんたまで守らなきゃいけなくなるでしょ？　自分ひとりだけで手一杯かもしれないのに。犠牲が増えるだけよ」

「オレは！　ニナねえちゃん！　オレも連れてって！」

「いいえ、連れてはいけません」

「…………！」

ふだんは優しくて、微笑みを絶やさないニナが、今ばかりはきっぱりと嵐槐を拒絶した。

それは――そのことは逆に、北で待っている戦闘が危険であることを如実に示していた。

「嵐槐さん。わたしも、あなたをひとりで残していくのはとても心苦しいです。でも、アストリッドさんとティエンさんがいる場所へわたしは行かないわけにはいきません」

「そうよ、嵐槐。あんたがこの『源流飯店』で待っていてくれるってわかったら、あたしたちは安心して戦える。いい？　ついていきたいって気持ちはありがたく受け取る。だからあんたは、ここでひとりで待つこと。できる？」

「オレは……」

「ごめん、マジで。でも急いでるの。子どものあんたをひとりにするのってほんとによくないと思うんだけど……あんたは源流飯店の女将さんのチャクラはきれいな赤だって言ってたから、この宿は信用できる。それに、そんなに長くは掛からないはずだから。もし、あたしたちになにかあっても、故郷の村に帰れるぶんのお金は残しておくからね」

「オレ、オレは……」

声がしぼんでいく。

エミリがぽんぽんと嵐槐の肩を叩いた。それは優しい叩き方だった。

それからエミリとニナが何事かを話し、荷物を背負って、自分になにかを話しかけ、出て行った。

だけれど嵐槐はなんの返事もできなかった。

しばらくしてから――嵐槐は、自分がひとり置いていかれたことに改めて気がついた。

なにをやってるんだ、自分は。

ここでぼけっと突っ立って。

「――エミリねえちゃん、ニナねえちゃん！」

嵐槐は部屋を飛び出した。外へと出ると、さっきよりも多くの人たちが出歩いていて、さらにもものしい雰囲気が増している。

ふたりの姿はそこにはなかった。

「エミリねえちゃん！　ニナねえちゃん！」

砦のほうにも、冒険者ギルドにも、ふたりはいなかった。北方の城門付近はごった返していたが、そこにもいなかった。もう出ていってしまったのだろうか。

「エミリねえちゃん……ニナねえちゃん……」

とぼとぼと嵐槐は引き返す。

「オレは……役立たずだ……」

アストリッドにいろいろな知識を教わって、いろいろなことを知った気になっていた。

エミリやティエン、ニナの姿を間近で見て、世の中にはすごい人がいることを知った。

今までだって大人相手に怯んだことはなかったけれど、正しいことを正しいと、間違っていることを間違っていると言える人間になれたのだと思っていた。

だけど——今の嵐槐は、ただの12歳の女の子だった。

戦闘の現場についていくこともできない、なにもできないただの足手まといの子どもだった。

「ちょっと」

気づけば嵐槐は、大通りに戻ってきていた。

「ちょっと」

そんな嵐槐は、自分に声を掛けられているとは思わず、ぼんやりしていて、

「ちょっと！　聞きなさいよ！」

「!?」

ぐいと袖を引かれてそちらを見ると、「玉楼飯店」の福がいた。

「な、なんだよ……」

「何度も呼んでるのになんで無視して——ってなにアンタ、泣いてんの？」

「は、はあ!?　泣いてなんか」

嵐槐は袖で目元をごしごしやった。確かに目元はすーすーしていた。

「泣いてなんか……」

言い切れなかった。嵐槐は、やりきれない無力感にまた目から涙がこぼれるのを感じた。

「……来なさいよ」

「え……」

「いいから、こっち」

ぐいと袖を引かれ、嵐槐は「玉楼飯店」の裏口から中へと入った。

すぐそこは厨房で、そちらからは主人と女将さんが動いている気配があった。火も焚かれているから熱気がある。

「お父さん、お母さん、あたしも手伝う」

「ん？　そうかい、ありがとうねえ。――おや、その子は……」

「手伝いだよ」

「…………」

突然現れた嵐槐に、宿の主人も女将さんも困惑していたが――それもそうだろう、嵐槐がこの宿に騒動の種を持ち込んだのだ――福が気にしていないようなので、とりあえず受け入れた。

「手、洗って」

「…………」

「早くして。いっぱいお米を炊かないといけないんだから」

「米を……？」

「そうよ。北に向かう人たちに、握り飯を出してやるの。一度握ってやれば、冷えたって食べられるんだから」

どうやら燃えている火で米を炊いているらしい。鼻を動かすと、釜から噴いた米の汁の香りが漂ってくる。

ぬるま湯で手を洗うと、指先に感覚が戻ってくる。

「握り飯なんて、あればあるだけいいんだから、どんどんやるわよ。まずは米を研ぐの。研いだことある？」

「……ない」

「ないの？」

「ばあちゃんの飯で米なんて出てくるのはほとんどなかったし……」

「ふーん」

それから福は、嵐槐に米の研ぎ方、米の炊き方を教えた。

その間にも炊き上がった米で握り飯を作っていく主人と女将さん。別の宿の若い者が握り飯を取りに来て、それらもすぐにはけていく。思っていた以上に大勢が北に向かうらしく、あるだけ米を炊いて握ってくれと言われた。

嵐槐も米を握るほうに参加した。熱い米を握るのには苦労する。握り飯の形もいびつだ。それでも「どんどんやりなよ」と福に急かされる。そうしていると「役立たず」だった自分が少しずつ姿を消していって、なにも考える必要がなくなった。

その日は夕方までずっと握り飯を作り続けた。あまった握り飯が夕飯で出てきたときにはさすがに嵐槐も情けない声で「勘弁して……」と言った。福が喉を反らせて笑った。

大急ぎで街を出たエミリとニナだったが、荷物の重さでリュックサックが肩に食い込んでくるし、歩きにくい雪道だしで、中継基地に着くころにはへろへろだった。なんとか日が暮れる前に到着はしたのだけれど、小さな基地にはすでに多くの天幕が張られている。女性用の天幕に入って、狭い寝台に寝転がると食事もそこそこに眠りこけてしまった。

翌朝早くエミリが起きられたのは、いつもと違ってお酒を飲んでいないわけでも、使命感に燃えているからでもない。

寒かったからだ。

天幕内だというのに吐く息は白い。このままでは寝ていられないとばかりに起き出すと、空は白み始めており、ニナも起きていてスープを作ってくれた。ぴりりと辛いそのスープを飲むと身体にスイッチが入り、エミリはまた歩き出す元気をもらった気がした。

中継基地では前線基地の最新情報が入ってきた。

バリケードを構築して冬の悪魔の攻撃を防いでいるが、今年の冬の悪魔は手強く、長くはもたなそうであること。

すぐにも加勢に向かうべきだが、闇雲に兵力を送り込んでも混雑するので、まずは戦況を変えられる魔導士を中心に送り出したいこと——。

これは好都合だった。エミリとニナは優先的に中継基地を出ることができたが、アストリッドとティエンの情報がないのが気がかりだった。もうふたりは前線基地にいるはずだ——そしてあのふたりのことだから、戦っているに違いない。

「エミリさん、その、嵐槐さんは大丈夫でしょうか……」

いち早く中継基地を出発するとニナがエミリにたずねる。

昨日よりも寒さが増しており、空は暗く、針葉樹林の生い茂る道は歩きにくかった。

「大丈夫よ。あの子、しっかりしてるもの」

「それはそうだと思いますが……」

「あたしさ——思うんだけど、嵐槐をちょっと甘やかしすぎたのかもしれないなって。あの子、前向きで、偏見がなくて、頑張り屋だからついつい勉強を教えたくなるし、ちょっとしたことにも目をつぶりたくなるんだけど……大体さぁ、勝手に村を抜け出てあたしたちのパーティーに潜り込むのはダメよね。無鉄砲さがダメというより、マナー違反よ」

「それは……はい」

「あの子、きっとこの後もあたしたちといっしょに旅に出たいって言うと思うんだけど、きっぱり断らなきゃ。ノストって国民の移動も制限されてるし、自分の生まれたところか中央府でしか暮らせないって話なんだから、あの子連れ回してたらそのうちあたしたちが誘拐罪で捕まっちゃうわよ」

ま、いい子であることは間違いないから、残念だけどねー、とエミリは付け加えた。

「嵐槐さんは、生きづらいでしょうね……この国では」

「そうね。でも人は、生まれる場所を選べないから」

エミリの言葉はどこか重く聞こえた。

ニナは今も知らない——エミリが遠い別世界で生まれ育ち、この世界に転生したということを。

でも、なにかエミリが隠していることは知っている。そしてときどき、寂しそうな顔をすることも知っている——アストリッドと出会って、お酒を飲む仲間ができて、そんな顔をするのはだいぶ減ったのだが。

「いずれにせよ……今回のことは嵐槐にとってよかったんだと思うわ。嵐槐にとってはあの村を出てからずっと学びの日々だったと思うけど、頭でっかちになる前に人と衝突して、いい刺激になったと思う。福ちゃんって言ったっけ？　あいう、同年代の子どもと触れ合う時間が嵐槐にとっては大事なのよ」

「…………」

「ん、どしたの、ニナ？」

「……いえ、そのー……エミリさんって、意外と『お母さん』みたいだなって……」

「『お母さん』!?『お姉さん』とか、『先生』とかじゃなくて、一気に『お母さん』に!?」

「ご、ごめんなさい！　悪い意味じゃないんですっ」

「べ、別にいいけどね……ちょっとびっくりしただけだから。このぴちぴち女子のスーパー魔導士のあたしがまさか『お母さん』呼ばわりされるとはね……まあ気にしてないけどね……」

めっちゃ気にしている様子でエミリは言った。

「ともかく……急ぎましょ。ティエンは絶対大丈夫だけど、アストリッドが心配だわ」

「そうですね。激戦になっていたら、アストリッドさんは……」

「ティエンの目の届かないところでなんかやらかしてないか心配よ」

「え、そっちの心配ですか？」

「そうよ！　戦闘でティエンがやらかしても悪いことはひとつもないけど、こういうときにやらかすのはアストリッドなのよ！」

「そ、そうなんですね。わかりました、急ぎましょう」

「うん。急ごう」

そうしてふたりは北に向けて歩を進めるのだった。


「――火だ！　火が足りん！」

「これ以上は無理ですって！　かがり火だってすぐ消されちまうんだから！」

「魔導士は!?」

「もう魔力切れだってバテてんよ！」

前線基地では怒号が飛び交っていた。

偵察部隊が戻ってきてからずっと、戦闘状態が続いている。兵士と冒険者は入れ替わり立ち替わりで休憩を取っているし、中継基地から増援もあったが、それでも2日、3日と続くとさすがに疲労が溜まってくる。

「クソッ……こいつら、いつになったら休むんだよ！」

「休むわけねえだろ、悪霊なんだから！」

冬の悪魔、とはすなわち霊の類だった。

悪霊が基本であり、それらが雪を身に纏った人型で襲ってくることもあれば、見た目は青い炎だが凍てつくほどの冷たさであったりするし、あるいは氷の塊で飛び跳ねていることもある。

何パターンかあるが、共通しているのは氷や雪を放ち、火を毛嫌いすることだった。

冬の悪魔を野放しにしておくと、周囲の気温が下がり、雪雲を呼び寄せ、寒波となって南へ下っていくのである。

これらの悪霊は、はるかな昔にとてつもない規模の戦があって、そのときに弔われなかった霊が毎年出てくるとも言われているし、あるいは気流が悪霊を乗せてここまでやってくるとも言われているが、正確なところはわからない。調査をするには北方山脈は広すぎるし、一年を通して零下の気温である場所だってある。

「うわあっ!?」

かがり火を運んでいた冒険者のひとりが、雪に足を取られて前のめりに転んだ。火の粉が舞ってその火が消えてしまうと、

『ケケケケッ!!』

氷ダルマのような冬の悪魔が襲いかかってきた。肌が直接触れれば張りついて、数分触れていたら皮膚が凍ってしまうというほどに冷たいモンスターだ。

転んで、体勢が悪い冒険者の視界いっぱいに氷が広がり、肌が、その恐ろしいほどの冷たさを感じ取る。

『ケケケケ——ギョッ!?』

氷ダルマが冒険者に触れるという瞬間、その身体は蹴り飛ばされて横に吹っ飛んだ。氷ダルマははるか遠くの針葉樹に激突すると粉みじんになった。

「大丈夫?」

「す、すまねえ——ティエンちゃん」

もこもこの外套にもこもこの手袋、もこもこの長靴を履いたティエンはなるべく肌の露出をしないようにしている。そうして駆け回り、冬の悪魔を蹴り飛ばし、ぶん投げ、拳で打ち砕く姿は兵士や冒険者たちにとっくに知られ、認められ、頼りにされており、前線基地の守護神として八面六臂の活躍をしていた。

「ありがてえ、ティエンちゃんがいなかったら俺らはとっくに全滅していたぜ……」

「おい、そんならアストリッドちゃんもそうだろ!」

「おおっ、確かに、アストリッドちゃんもだ！」

彼らの視線の先には、前線基地の北側、兵士と冒険者がバリケードを挟んで冬の悪魔と激戦を繰り広げているそのすぐそばにいるアストリッドの姿があった。

「よしっ、これでいいよ。ちょっとどいて！」

「――おおい、アストリッドちゃんの発明が通るぞ！　どけどけ！」

「――いいぞお！」

アストリッドが手にしていたのは手押し車だった。その先端には鎧が置かれている――そう、見た目はただの鎧だ。金属製の甲冑で、手には盾と剣を持っている。

「いけえ！」

兵士のひとりがアストリッドから手押し車を受け取ると、ドッドドッドッと敵の集団に突っ込んで行き、手を離した。甲冑を兵士だと勘違いしているのか、冬の悪魔がワッとそれに襲いかかると、もうもうと湯気を上げてその姿を保てなくなっていく。上昇気流が発生し、湯気が巻き上げられる。

吸い寄せられるように冬の悪魔が突っ込んで来て次々に溶けていくが、冬の悪魔の追加速度のほうが速く、やがて溶けたモンスターもそのまま再度凍りつき、甲冑が氷像のように仕上がった。

「次の甲冑行くわよ！」

「おおっ、さすがアストリッドちゃん！　もうできてるのか!?」

「発明の女王だ！」

「女王！　女王！」

灼熱の鎧を載せた手押し車が続いて突っ込んでいき、モンスターを倒して行く。いわばこれば誘蛾灯のようなものだ。モンスターをおびき寄せ、倒してしまう。

「女王！　女王！」

「女王！　女王！　女王！」

「女王！　女王！」

「あっはっはっは！　もっと讃えたまえ！」

口元に手を当ててアストリッドが高笑いを上げていると、

「……ほらね、ニナ。やっぱりやらかすのはアストリッドなのよ」

「……アストリッドさん……」

「ハッ」

振り返ったアストリッドは、そこにパーティーの仲間が来ているのに気がついた。

「い、いや、これはだね……」

「いよっ、発明の女王！」

「エミリくん～～～！　やめてぇ！　ちょっとだけ調子に乗っただけじゃないかあ！」

真っ赤になって頭を抱えるアストリッドをよそに、ニナがティエンにたずねる。

「ティエンさん、レイリンさんとは会えたのですか？」

「…………」

「……ティエンさん？」

「それについてはちょっとした誤解があるみたいでね。ちょっと移動しよう――あれ、嵐槐くんは？」

「置いてきたわ」

エミリのその一言で、アストリッドも察したのだろう。

「うん……それがいいだろうね。さあ、こっちに来て」

アストリッドに促され、４人はログハウスのひとつに入った。

ログハウスの扉を閉じると、急に静けさが耳に迫ってきた。ティエンはぽつりぽつりとレイリンについて話し始める。彼は正真正銘の月狼族だったが、ティエンにいきなり攻撃してきたこと。そしてその理由を知る間もなくモンスターの襲撃があったこと。

「そんな……」

月狼族同士の戦いと聞けば、いくら戦闘に疎いニナだってとんでもないものだということがわかる。

「そ、それでは、レイリンさんはどこに？」

するとティエンとアストリッドが顔を見合わせると、アストリッドが話し始めた。

「……冬の悪魔は、人の熱のあるところに集まる性質があるそうだ。だから放っておくと南下を始め、特に人の集まるところを襲うようになる。前線基地が街から離れているのは、まずここを冬の悪魔に襲撃させるための囮のような役目もある」

「冬の悪魔はずっと湧き続けるわけじゃないのです。冬が過ぎればいなくなるし、それに、親玉をやっつけるとしばらく勢いが弱まると聞きました」

「北方……もっとも寒いところ、『冬が生まれる場所』に冬の悪魔を統率する者がいるそうだ。レイリンさん……ティエンくんと同族の彼は、とてつもない戦闘力の持ち主でね。だから……」

「……まさか、倒しに行ったの？」

エミリの質問に、アストリッドはうなずいた。

「月狼族の機動力があれば冬の悪魔につかまることもない。だから、単身でそこに向かった」

「た、単身!?　自殺行為じゃない！」

「私たちもそう思ったし、ここの司令官も同意見だったけれど、レイリンさんは聞かなかった。エミリくんたちが来る1時間ほど前に中継基地からの援助が届き始めてね、そのタイミングで『ここはもう大丈夫だろう』と言って出て行ったんだ」

「……チィとは同じ場所にいたくない様子でした」

ぽつりと言ったティエンは、間違いなく気落ちしていたけれど、どのような気持ちなのかまではニナにはわからない。ここまでがんばってきてようやく会えたというのに、攻撃されるという結末に驚き、悲しんでいるのか。あるいはニナたちに対して申し訳ないと感じているのか。はたまた勝手な振る舞いにしか見えないレイリンに対して怒っているのか。

ティエン自身もどう、その気持ちを消化していいかわからないみたいだった。

——ぐるるるるる。

とそのとき、ティエンのお腹が盛大に鳴った。

「あ」

ティエンはお腹をすぐに押さえたけれど、

「ま、腹が減っては戦はできぬ、ってね。街を出てからちゃんと食べてないでしょ？」

エミリがティエンの肩を引き寄せながら言った。

「うん、私たちのお腹はペコペコだよ。きっとニナくんのことだから大量の食材も持って来てくれたんだろう？」

「はい！　もちろんです！」

「それだけじゃないわよ、アストリッド」

「ん？　――も、もしかしてお酒かい!?」

「違うわよ」

「…………」

「露骨にガッカリしないでよ!?　こんなところにお酒持って来たら怒られちゃうでしょ！」

「じゃあなにを持って来たんだよぅ」

悲しそうな目でアストリッドがエミリを見ると、

「魔石」

「!?」

お酒じゃないとわかってしおれていたのに、突然がばっと顔を上げた。

「さっきのあの甲冑、すごいじゃない。でもあれはほんのちょっとの魔石しか使ってないんでしよ？　魔力量がしょぼかったもん」

「そ、そうなのよ、ノストは発明に対しては100年以上遅れているから、ここが戦闘のための基地だっていうのに魔石の備蓄も全然なくて……もしやエミリくん、私の荷物から？」

「そのとおり！　アストリッドの持ってた魔石を片っ端から全部持って来たわ！」

エミリの大きなリュックから、革袋が取り出される。バスケットボール大に膨らんでいる革袋をテーブルに置くとジャラリと硬質な音がした。

「やったぁ～～～～！」

まるで5歳児のような歓声をアストリッドが上げる。

「アストリッド」

「な、なんだい、エミリくん」

「やっちゃってていいわよ」

「えっ！」

「思う存分、魔改造していいわよ」

「い、いいのかい……？」

ちら、ちら、と革袋を見ながらアストリッドが聞く。それでもどこかためらいがちなのは、ノストではやはり「発明」そのものが嫌われ、さらには「女が発明をするなんて」と二重に白い目で見られているからだろう。アストリッドもまた、肩身の狭い思いをしていたのだ。

「いいに決まってるわ。だって人助けだもの」

「人助け……？」

「そうよ。冬の悪魔を1体倒すと、寒波が1歩遠のくんだもの。この前線基地を改造するのよ！冬の悪魔に絶対負けない要塞に！」

「よっしゃぁー！　やったるわ！」

腕まくりしたアストリッドは自分のツールボックスをテーブルに広げ、革袋をがばっと開けると、ごろごろとした色とりどりの魔石を取り出して、「がはは！」と謎の笑い声を上げた。

「……エミリ？」

「だ、大丈夫よぉ、ティエン。そんな顔しないで」

「チィは知らないのです。これが大問題になっても」

「ちょっ!?　おどかさないでよ!?　うわん！　ティエンがいじめるよぉ、ニナ！」

「あははは……でもエミリさん、アストリッドさんがやらかしたら困るっておっしゃっていたのにどうして？」

エミリとアストリッドの茶番が始まったときにはどうなることかと思ったが、それでも雰囲気が明るくなったのをニナは感じていた。こうすることでティエンの思いも上向きになったようだ。

「そりゃ簡単なことよ。さっさとここを安定させて、北に行った無謀なティエンのお仲間を助けないと、でしょ？」

「あ……」

エミリはそこまで考えていたのか、とニナは思った。

なにも考えていないように見えて、この人は仲間のことをちゃんと考えている。嵐槐のこともそうだし、ティエンのこともそうだ。

「わたし……エミリさんのこと大好きです」

「え、ええ!?　急になに!?」

「ティエンさん、エミリさん、外はお任せしてもいいですか？　わたしにはわたしにしかできないことをします。と～っても美味しいご飯を作ります！」

「!!」

きらーん、とティエンの目が輝いた。

「行ってくるのです。今なら冬の悪魔だろうと、大悪魔だろうと、倒せる気がするのです」

「ティエン、ちょ、アンタ待って、早いってぇ！」

ティエンとエミリが飛び出していく。アストリッドはすでに魔道具の開発を始めているし、ニナは頼もしい仲間たちを見て自分もがんばらねば、と思いを強くするのだった。

ニナはひとり、食堂代わりになっているログハウスへと向かう。

それぞれがそれぞれの戦いを始めたのだった。


冬の悪魔の動向はノストという巨大国家にとって大きな関心事だった。というのも過去に何度も冬の悪魔の大発生を抑えきれず、北部一帯が寒波に襲われ、翌年に深刻な農作物の不作をもたらしたことがあるからだ。

北部は悠河を始めとする巨大な河が何本も流れており、その豊富な水を使って米を作っている。この米は、ノストの主食だ。もちろん北部ではない別の地域でも米を作ってはいるが、それだけではノスト国民全員を満足させることができない。

例年より1か月ほど早い冬の悪魔の発生、そして前線基地を襲撃したという情報は、のろしのリレーによってあっという間に中央府にまでもたらされた。

「——もう冬の悪魔が発生したのか!?」

中央府の練兵場で兵士の訓練を行っていた金象将軍は、走ってきた部下からその情報を聞いた。

「はい。金象将軍も中央軍総監部にお戻りください。対策会議が始まります」

「わかった」

彼が歩き出すと、数人の側近もそれについてくる。馬を使うより内部の建物を通っていったほうが中央軍総監部の建物へは早く着く。焦りのあまり早足になってしまうのは仕方のないことだろう。だが金象将軍ほど背の高い人物が早足になると一般人がついていくのは大変だ。情報を持ってきた部下はここまで走ってきたのに、また小走りになりつつ話を続ける。

「こ、これほど早くに冬の悪魔が発生したことは過去にもあまりなく、文官も浮き足だっております……」

「文官は放っておけ。どのみち冬の悪魔を退治するのは我々の仕事だ。そして冬の悪魔を掃討すれば、来春は早く来よう」

「し、しかし、右大臣と、左大臣が、それぞれ、出兵を渋っており……」

「またあのふたりか！」

真円女君がノストのトップであり、象徴的な存在だとすると、実務サイドのトップは丞相が担っている。そして丞相の補佐をするのが右大臣と左大臣であり、このふたりが実務のナンバー2と3なのだが、とにかく折り合いが悪い。

丞相に権限が集中しすぎないように、右大臣と左大臣がそれぞれ軍部の大きな権限を持っているのだが、ことあるごとに自分の権利を主張する。

「だとすれば私が行く。それならば問題はあるまい」

「そ、そんな！　中央府守護の金象将軍がいらっしゃらなくなれば、誰がここを守るというのです!?」

「さほどの兵力を連れていくわけではない。どのみち冬の悪魔の根源を叩くには少数精鋭でいくしかなかろう――」

練兵場を出て、官庁の建物が並ぶ通りへとやってくると、向こうに黒いローブ姿の男がいることに金象将軍は気がついた。

「――これは、ミリアド様」

渋い顔をしているミリアドの周囲には少女たち――次期真円女君の候補たちがいる。まとわりついている、という言い方が正しいかもしれない。厳つく、練兵場にいたためにほこりっぽい金象将軍と出会ったミリアドは、むしろほっとしたような顔さえした。

「どうした、金象将軍。急いでいるようだが」

「はっ。火急の事態にて、このまま立ち去る非礼をお許しください」

それを聞いた少女たちは金象将軍たちに道を空ける――のだけれど、ミリアドはその前に立ちふさがった。

「私は、『どうした』と聞いたのだ。話せ」

「……ミリアド様、これは機密事項でございます」

「金象将軍。貴様が中央府を発つという話を聞いたが真か？」

「…………」

むう、と金象将軍はしかつめらしい顔をする。たった今口にしただけの言葉をどうしてミリアドが――おそらくなんらかの魔法を使ったのだろう。

「金象将軍。私の魔道具を貸せば、小部隊程度ならば機動力を倍、いや、4倍にすることが可能だがな」

「!?」

金象将軍が驚いたのはその魔道具の効力のすごさではない。

ミリアドが、神秘の結晶である魔塔の主が、魔道具を貸す？

「そ、それはできませぬ……ミリアド様の魔道具をお譲りいただくほどの出費が許可されるかどうか、審議が必要となりますし……」

「貸すだけだ。譲りはせん。使用料が気になるのなら、私が同行すればいい。私が自由意志でそれを使うだけ――つまるところ、タダだ」

「……申し訳ありませぬ、ミリアド様。せっかくのご厚意ですが……」

「ふむ、強情だな。そこまで言うのであれば仕方あるまい」

ミリアドが横にずれると、深々と金象将軍は頭を垂れ、兵士たちとともに前へと進んだ。

中央軍総監部の建物までやってくると金象将軍は息を吐いた。

「ふう……なんとかかわせたか」

あの場でミリアドを巻き込むこともできただろうが、それによって起きる事態について予測がつかなかった。ミリアドは無邪気に振る舞うが、彼の一挙手一投足はノストの上層部にとって注目に値するのだ。それほどにミリアドの存在感は大きく、彼が、日々申し込まれる面会要請をすべて断っているからなおさらだ。

もしミリアドと行動をともにすれば右大臣や左大臣からは「政治的な動きをした」とにらまれることは確実で、そのふたりの勢力下にない中央府管轄の金象将軍は――あえて言うなら金象将軍をコントロールする権限は真円女君にある――その後がひたすらやりにくくなる。

なので、あの場ではミリアドを遠ざけるしかなかった。

「金象将軍！」

巨大な木造建築の内部では、多くの武官や文官が走り回っていた。

「おう、今来た。対策会議は？」

「うーん、まだ始まる気配がない。いったん、情報を集めているところだ」

「そうか」

顔見知りの参謀に声を掛け、金象将軍は大会議室に入る。その壁には巨大な北部地図が掛けられ、多くの印がつけられていた。

「北伐の準備状況を報告してくれ」

「はっ。本来であれば2日後より冬の悪魔討伐部隊の編成が始まる予定でした。そのため、人選まではは終わっているものの、兵士の召集、補給物資の準備ができていません」

「物資調達くらい後でいくらでもつじつまを合わせられるだろう。中央府にあるものを吐き出させろ」

「いえ、それが、北1州の右筆が州軍を出すことを提案しているとか。前線基地は北1州の領内ですから」

「ん？　冬の悪魔出現の情報が入ったばかりだろう？　なぜそんなに早く軍の出兵を提案する？」

「……右大臣派閥なのです」

こっそりと耳打ちされ、金象将軍はチッと舌打ちをした。

例年より早く出現した冬の悪魔を、誰よりも早く鎮圧したとあれば北1州の右筆の手柄になるだろう。派閥の長である右大臣は、北部の権力地盤を固めようという考えなのだ。

「権力が欲しかろうがなんだろうが、冬の悪魔を討伐できるのであればいいが……」

「北1州の戦力などあまり期待できませぬ。それだから前線基地には中央府管轄の司令官が派遣されているのでしょう？　のろしによる情報伝達システムだって我々が考案したことですし」

「放置すれば北1州の兵士が無駄に死ぬことになる、か」

「死ぬだけならまだしも、無念を残した霊が、次の冬の悪魔になりましょう」

「やはり中央から兵を出すべきだな」

と結論が出たときだった。

「左大臣禄悦《ろくえつ》様がいらっしゃいました」

会議室がシンと静まり返った。ザッザッと石畳を踏んで歩いてきたのは、身長こそ金象将軍より30センチは低いというのに体重は同じであろうという男だった。まるまる太った身体を翠色の衣で包んでおり、その服は金糸でびっしりと刺繍され、多くの宝石が縫い付けられていた。まん丸の身体にはまん丸の顔が載っていて、その上には左大臣であることを示す、縦に長い帽子をかぶっている。

白髪の交じり始めた長いあごひげをしごきながら、左大臣である禄悦は金象将軍に目を留めた。

「聞いたぞ、将軍。勝手に中央を出立して北部へ向かうつもりのようだな」

ついさっきつぶやいたことがもう禄悦の耳に入ったのか——とげんなりした金象将軍だったが、ふと思い直す。これはハッタリだ。この男が聞けるはずがない。

「とんでもありません、大臣。私は中央の守りを真円女君より仰せつかっております」

「ふん。風のウワサならばよいのだがな」

やはりハッタリだったのだろう、禄悦が突っ込んで来ない。

「それはそうと、冬の悪魔が大量に発生し、前線基地が崩壊の危険だとか？」

「その情報は間違っているようですな。前線基地は十分持ちこたえております」

「ほう……なれば増援は必要ないのだな？」

「……いえ、増援は必須でしょう。戦闘が行われれば基地は損耗します。その補修にも人手が必要です」

「北1州の修復のために中央が予算を使うというのかね？」

「すべては真円女君のお心のままに」

「フン」

禄悦は鼻で笑った。

冬の悪魔の問題は国全体の問題であり、北1州だけのものではない。そんな当たり前のことを、会話の誘導で北1州の問題であるように仕向け、中央から手助けをしようとしている金象将軍を牽制しているのだ。

だがこういうやりとりは金象将軍も慣れたもので、金象将軍はあくまでも真円女君に従っているという体を取る。左大臣であっても真円女君を盾にされるとなにも言えないからだ。

「では、金象将軍は真円女君が『行くな』と命じれば行かぬのだな？」

「はっ」

当然とばかりに金象将軍はうなずいた。周囲の幹部たちは「えっ」という顔をしたが、金象将軍は心配していない――なぜなら真円女君は「行くな」などとはけっして言わない聡明さを持っているからだ。

　そう、金象将軍は信じている。

「では行け」

「……はあ？」

　思いがけない言葉が左大臣の口から聞こえて来て、金象将軍は変な声を出してしまった。

「行ってこいと言ったのだ。将軍が不在の間、中央は、真円女君は、ワシがこの命に替えても守ろう」

「はあ？」

　なにを言ってるんだこの豚は、という思いがありありと声に出ていたのだろう、さすがの禄悦も額に青筋が立った。

「……ワシの言う言葉が理解できないのかね？」

「い、いえ――失礼しました。しかし中央府の守りは私の管轄で……」

「冬の悪魔の討伐は国の問題であろうが。北1州の、軟弱な兵士に任せておいてなんとする」

「それはそうですが」

　金象将軍は左大臣の考えが読めない。右大臣の手柄にしたくないから自分を行かせようとしているのか？　いや、右大臣と競っている左大臣は、中央所属の金象将軍ではなく自分の手の者を行かせたがるだろうに。

「おお、そうだ……ひとつ条件がある」

ほらきたぞ。

国のためなんていう理由で左大臣が動くはずがない。

「賓客をひとり、北部までお連れしろ。どうしても冬の悪魔を見てみたいとおっしゃっている」

「……賓客、ですか？　これから戦闘に行くのですよ？」

「問題ない。その御方は――」

「――戦うこともできるからな」

会議室に入ってきたのは、黒ローブの魔導士だった。

それを――金象将軍はあんぐりと口を開けて見ていることしかできない。

ミリアドは涼しい顔で言う。

「左大臣殿、恩に着る」

「いえいえ、とんでもありません。この禄悦、ミリアド様のために骨を折ることくらいなんでもありませんぞ」

にこにこと、手もみまでしながらミリアドを迎える禄悦を見て、金象将軍は青ざめた。

ミリアドは――自分が情報を出さなかったから左大臣に接触したのだ。そして左大臣となんらかの取引をしてまでも――していないわけがない――北部に行こうとしている。

だが、金象将軍はわからない。

「な、なぜそこまでして……ミリアド様は」

最初は単に興味から自分から情報を得ようとしているのだと思った。魔道具を貸すくらいならばミリアドにとってはたいしたことでもないのだろう。だが、本気なのか？　本気で最北まで行こうとしているのか？

「連れが北にいるのでな」

ミリアドは変わらない、いつもの無表情だ。

「連れ……確か、月狼族の」

「そうだ」

「それほどに心配なのですか。ミリアド様ご自身が向かわれるほどに」

「ああ、心配だ。心配だとも！」

ミリアドはこのとき初めて声を荒らげた。

金象将軍は、ミリアドが感情を揺らせたのを初めて見た――いわば人間らしいその姿を。

「……アイツら、間違いなくやらかすぞ」

ミリアドは拳を作るとぷるぷると震えた。

「？　やらかす、とは？」

わけがわからない。

「……それはもういい。話が決まれば行くぞ、金象将軍。貴様の麾下《きか》の部隊であればすぐに出立できよう」

「し、しかしですね、物資の補給が――」

「それくらい後でいくらでもつじつまを合わせられるだろう？」

「!?」

その会話はこの会議室に来たときに金象将軍が参謀と交わしたものだ。

もちろんミリアドはこの場にいなかった。だというのになぜ知っているのか——。

「！」

金象将軍は、やはり魔法だ、とすぐに勘づいた。ミリアドはなんらかの魔法（あるいは魔道具）で、遠くの音声を拾うことができるのだ。自分が練兵場から戻る際に話していたことも聞いていたではないか。

つまりミリアドは、北部に異変があったとわかった時点で是が非でも自ら行くつもりだったのだ。自分に話を持ちかけたが袖にされたので左大臣に切り替えたが、その派閥に肩入れする気はないと言おうとしている。なぜならばこうして「遠くの音声を聞ける」ことを金象将軍に伝える必要がない。金象将軍にも秘密を教えることでバランスを取っている。

（この御方は……途方もない……）

目的を達成するためなら手段を選ばず、しかしバランス感覚も優れ、それを極めてスマートな方法でやり遂げる。

これが魔塔の天才か、と金象将軍は震えた。

「……今すぐに出立の準備をします」

「それでよい。行くぞ」

「はっ！」

まるでミリアドが金象将軍を指揮しているかのように、中央府から、北部への支援部隊が出発したのだった。それは100人規模の騎馬と馬車だったが、その速度はまるで風に乗るように速かった。


「街からの増援はまだかかね」

ちょびひげの司令官がたずねると、憔悴仕切った兵士がこくりとうなずいた。彼らは全員、この3日間ほどはほとんど寝ずに戦っているのだ。

「まだのようです……中継基地からの増援は少しずつ来ているようですが」

「中央府への連絡は？」

「滞りなく。しかし向こうからの返信はありません」

「む……。例年より1月も早い冬の悪魔の出現だ。仕方がない、か……」

「おそらく。中央府もまだ準備が整っていないはずですし」

ログハウス内に重苦しい空気が漂う。

ふたりとも、この最前線の基地で冬の悪魔と戦うのは5年目になる。毎年、厳しい戦いを強いられてきた。昼夜関係なく襲い来る冬の悪魔。突如として吹き下ろす山の風によって吹雪になると数メートル先すら見えなくなる。雪が積もれば足元が悪くなり、機動力が落ちる。冬の悪魔の親玉を倒せる年もあれば、倒せず、春が来るまで最前線で戦い続ける年もあった。

凍ってしまって手指を失う者は続出し、死者だって毎年数人、多いと二桁出る。ここで活躍すれば何年かは暮らせるだけの報酬がもらえるとあって冒険者たちは奮起するのだが、兵士たちは薄給のままだ。しかも、前線基地での戦闘の過酷さを知っているのは前線基地で戦ったことのある数少ない者だけなので、誰かから感謝されることもない。寒波は北1州で食い止められるのが当たり前なのだ。

「今年か、来年の冬でここを離れられると思っていたのだが、今年は厳しい戦況になりそうだな……」

「そ、そんな、司令官がいらっしゃるからこそこの5年間、大過なく冬の悪魔を退けられたのです。基地を離れるようなことはおっしゃらないでください」

「しかしな、君、私もそろそろいい歳だよ。いつまでも最前線で戦うことはできまい」

「…………」

「次に赴任する司令官は優れた者にするよう、金象将軍にも頼むから、そう暗い顔をするな」

「はっ……」

「今はまず、目の前のことに集中するとしようか。今いる戦力を損耗せず、膠着状態にしなければならない」

「街からの増援を見越して、3チーム3時間交替で戦っていますが、サイクルが崩れつつありますね……ケガ人が出るとどうしてもその穴を埋めなければならず」

「冒険者はどうだね」

「この時期から来ている冒険者は毎年来ている者たちですから慣れたものです。戦力になっていますし、兵士とも連携しています」

「あとどれくらいもたせられそうか」

「そうですね……あと1日なら問題なく、その先は負傷者がかなり増えるでしょう……」

「1日か……運任せだな」

「はい……」

ふたりがまたも重苦しいため息を吐いた――ときだった。

外から歓声がかすかに聞こえて来た。

「なんだ、敵の襲撃か？」

「そんなはずは……しかしこの声、明るくありませんか？」

ワーワーという声が聞こえているが、それは悲壮感のある喚声ではなく、喜びの歓声だった。

「街からの増援が来たか？」

「それであれば真っ先にここに伝達が来るでしょう」

「それもそうだな」

「はい……」

「…………」

「…………」

司令官と兵士は視線を交わしてから、

「ちょっと見てみようか」

「ですね」

ログハウスの扉を開くとちょうど吹雪が止んでいた。曇天は変わらずなのでここからはあっという間に暗くなり、夜がやってくるという時間帯だ。確かに、兵士や冒険者たちの喜ぶ声が聞こえてきた。

「んん？」

司令官の鼻は、この場にあるはずのないニオイを嗅ぎ取っていた。香ばしいごま油と、熱せられた唐辛子のニオイだ。

「――くはーっ！　辛れぇ！」

「――この辛さが最高なんだよ！」

「――うめえうめえ！」

食堂にしているログハウスから声が聞こえる。煙突から炊煙が立ち上るのはいつものことだが、なかに入りきれない兵士や冒険者たちが、開け放たれた扉の明かりのそばに集まって、立ったまま椀を抱えて食事を取っている。

「んん？　なんだね、あれは」

「さ、さあ……」

司令官が兵士とともに近づいていくと、兵士のひとりが気づいて、両手に椀を持ったままこちらを見た。

「司令官！　食事中につき、敬礼が取れず、失礼いたします！」

「いや、それは構わんが、これはいったいどういう……」

開け放たれた扉から流れ出してきた料理のニオイが、司令官の鼻を突いた。

（こ、これは――）

先ほどはシンプルなごま油と唐辛子のニオイを嗅ぎ取ったのだが、近づいてみて初めてわかる、数多くの香辛料の香り。

八角に山椒、花椒《ホアジャオ》、唐辛子も赤唐辛子に青唐辛子、棗《なつめ》にニンニク、ショウガ。豆板醤に鶏ガラの香り。それだけではない――司令官の鼻が捉えきれなかった素材がこの倍以上は含まれているはずだ。

（ああ、これは……真円女君の即位10年式典で頂戴した晩餐のように馥郁《ふくいく》とした豊かな香りだ……。さらにはこの北部料理に合わせて唐辛子を多く用いている……）

ひとり考えに耽っていると、

「――司令官様ですか？」

戸口に立ったのはひとりの少女――このノストでは珍しいメイドだった。

「あ、ああ……いかにも私がこの前線基地を任されている司令官だが……」

「お食事をどうぞ、召し上がってくださいませ」

「食事？　あ、ああ……」

これは夢だろうか。最前線で戦っている者が、過酷な戦況に陥ると幻を見るというが、まだまだ自分はそこまで追い込まれてはいなかったはず――。

「おお、司令官！　お先にやってますぜ！」

「司令官！　食事中のため敬礼が取れず失礼します！」

「席を空けろぉ！　司令官サマが来たぞぉ！」

明るい食堂内では兵士と冒険者が膝詰めで座っていて、テーブルに載せられた色とりどりの料理に舌鼓を打っている。よく煮込まれた肉の塊に付け合わせの青菜が彩りを添えている。土鍋で炊かれた米には赤いクコの実が散らばっている。そして大鍋だ。赤みはさほどでもないのだが、魚の干物が煮込まれているそのスープは、黄色がかっており、様々なスパイスが漂っているのがわかる。

食卓を囲む厳つい男たちの表情はどれもこれも幸せそうだった。ウソだろう、ここは前線基地で、たった今、冬の悪魔が襲ってきているんだぞ……と司令官は思うのだが、いちばん奥のテーブルに座らされ、食器が目の前にあると、ぐううと正直者のお腹が鳴った。

真っ先にスープの椀を手に取り、レンゲですくって口に運ぶ――複雑なスパイシーな香りが鼻腔をくすぐった。

「――これは!?」

辛い。確かに辛いが、思っていたほどではない、ピリ辛だ。それより気になったのが味わいの奥深さだった。スパイスを多く使っているから奥行きのある味わいだろうとは思っていたが、想像とは違った――スパイスが次から次へと口内で香りを放つのだ。まるで炭酸が弾けるように。

「!?」

驚きはそれだけではなかった。

「暑い！」

スパイスの波状攻撃が終わると、司令官の肉体はスイッチが入ったかのように熱を持った。汗が噴き出す一歩手前、という感じだ。これを食べ続ければ「辛い辛い」と言いたくなるだろうことは明らかだった。

「ふむう……」

中央府でも滅多にお目に掛かれないごちそうだ。司令官は何者がこの料理を作ったのか知りたくなったが、それよりもご飯や塊肉、それに追加で出された蒸し魚が気になってそちらに手が伸びた。言うまでもなくどれも絶品で、口の中に幸せがいっぱいになり、次から次に詰め込んでしまうという無作法を犯してしまった。

それは司令官だけではなかった。同じタイミングでやってきた兵士も隣のテーブルで夢中になって食べているようだし、その目尻には涙が滲み、実に幸せそうな顔をしているのだった。司令官と同じテーブルでも、もっもっもっもっと一切手を止めることなく食べ続けている少女が――月狼族の少女がいた。この少女が、武官レイリンと一戦交えた少女であることを司令官は知っており、レイリンの非礼を詫びていないことをふと思い出した。

「おい、君――」

そのときだ、ドォン、と外で大きな音がした。

「――敵だ」

襲撃が止んでいた冬の悪魔だが、また攻めてきたらしい。司令官は腰を浮かせ、名残惜しい目でテーブルの料理を見て――やっぱり皿に残っていた肉の欠片を口の中に流し込んで――口をもごもごさせながら外へと飛び出した。みんな同じように口をもごもごさせながら手に手に武器を持って走っていく――のだが。

「おい！　今近づくな！　あぶねえぞ！」

北方バリケード付近にいた冒険者が声を上げた。

「なっ……」

見上げるほどに大きな雪の巨人が、ずしん、ずしん、と足音を立ててやってくるのだ。さきほどのドォンという音はこの巨人がなにかをやらかしたのだろう。

すわ、冬の悪魔を生み出す親玉か――と司令官が思ってしまうほどには大きい。

「総員、防御態勢――」

「だから司令官サマよぉ！　近づいたらあぶねえって！」

冒険者が司令官の腕をつかむ。

こいつはなにをバカなことを言っているのだ？　危険だから近づかないなんて選択はあり得ない。放っておけば巨人によってこの前線基地が崩壊してしまうではないか――。

と、思ったのだが。

「『原初の光である炎の精よ、我が呼び声に応じ、この場に集まれ』」

たったひとり、バリケードの前に立っている少女がいた。

とんがり帽子をかぶっているので魔導士らしいが、いくら魔法が強力な戦力であるからといってあれほどの巨人を相手にするなんてバカげている。

バカげているのだが――司令官は動けなかった。

「『喜びの唄を歌え、妙なる調べに乗って踊れ、我はそのすべてを導く者なれば』」

少女の周囲に、赤い熱線が渦を巻いて現れ、大量の火の粉が散り始めたのだ。

司令官は過去に一度だけ見たことがある。それはノストの国内であった大きな民衆叛乱――これほどの規模の国家ともなれば数年に一度はあるのだ――であり、司令官はそれを制圧する側として従軍した。そこで使われたのが、ノストきっての老魔導士による戦略級魔法。第5位階の魔法だったはずだ。

それと同じ規模の魔法を、この少女が、いともたやすく詠唱している。

「『炎渦舞踏《えんかぶとう》・滅ノ調《ほろびのしらべ》』」

少女の頭上に現れた炎の竜巻によって、周囲は真昼のように照らされ、その高熱が積もった雪を蒸発させる。周囲一帯が水蒸気で見えなくなるのだが、それでも炎の光だけは誰の目にも見えていた。

放たれた魔法はゴオオオオオオと音を立てながら真っ直ぐに雪の巨人へと迫る。

『――――』

冬の悪魔は、中身が悪霊であるため人語を話すことがあったりするのだが――この巨人はなにか言葉を発するまでもなく跡形もなく消失し、ついでに近くにいた冬の悪魔たちもまるごと呑み込んで炎は前方へと真っ直ぐに、地面の雪をすべて蒸発させ、黒い道を作った。

「な……な……」

声にならない声を司令官が上げていると、

「ひゅぅ！　さすがエミリちゃんだぜ！」

「見たかよあの魔法！　エミリちゃんがいればどんな冬の悪魔だって余裕じゃねえか！」

冒険者が喜んで声を上げ、兵士も拍手を送る。大魔法を撃った当の魔導士はむすっとした顔で
「それフラグだから止めてくれる？」とかなんとか、司令官のよくわからないことを言うのだった。

「え、いや、え？　魔力切れを起こしていないのか？」

司令官に気づくとエミリは、

「あー、いや、さすがに疲れたけどね。でもまあなんとか」

「なんとか!?」

過去に見た老魔導士は、戦略級魔法を使った後、数日は動けなかったと聞いている。

「もしかして君は炎系の魔法に特化した魔導士なのか!?」

「そんなとこよ」

エミリは言った。もちろん説明が面倒だから吐いたウソだが、司令官は知るよしもない。

「それより、みんな、そこ空けてくれる？　バリケード新しく作るから――アストリッド！」

エミリが声を掛けると、ログハウスのドアが開いた。そこにいたのは防衛戦が始まってから活躍

していると司令官も聞いている発明家、アストリッドだった。

「すまない、誰か手を貸してくれないか？　ちょっと大きくて」

「はい！」

「はい！　はい！」

「はーい！」

彼女がそう言うと冒険者や兵士たちがこぞってログハウスへと入っていく。兵士と冒険者の仲は悪くなく、共闘態勢を築けているというのは司令官の自負ではあったのだが、ここまで仲が良かったっけ？　と首をかしげてしまうほどの協調だ。

「金網を広げて！　バリケード全体に掛かるように！　出力機が2台あるから左右に分けて……あっ、重いから！　ゆっくり持ち上げて！」

針金を編んで作られた金網が運ばれていく——それは鉄条網などの要塞用備品ではなくただの金網だった。かなりの大きさだ。バリケードは左右に30メートルほど展開しているので、それをすべて覆うとなれば確かに大きさが必要だ。

次に出てきたのは腰高までの木箱で、3人の男たちがえっちらおっちら運んでいく。

「君！　これはなんだね!?」

司令官がたずねると、

「へへっ……やりましたよ。これで前線基地は安泰です」

「なんの話だ？」

「――金網をバリケードに掛けて！　上から！　そう！」

どうやら魔道具のようだが――この前線基地には魔道具を動かすための魔石はほとんど置いていない。明かり用に少量ある程度で、魔導ランプは熱を持たないので冬の悪魔と戦うには不向きなのだ。その代わり、かがり火や松明《たいまつ》はふんだんに用意してある。

魔道具を使うには魔石が必要、というのは発明に疎い司令官でもさすがに知っていることだった。アストリッドという発明家が前線での戦闘に役立っていることは報告を受けていたが、基地に置いてある以上の魔石はないはずだが――と、目の前の魔道具がなんなのかということ以上に補給のことが気になってしまう職業病を患っている司令官である。

「――掛け終わったぜ！　これでいいかい、アストリッドちゃん」

男たちの声で我に返った。

アストリッドは金網と、魔道具を接続しているらしい。

「！」

ちらりと見えただけだったが、木箱の内部に、魔術回路が刻まれた銅板があり、握りこぶし大の魔石が10個ほど埋め込まれていた。明らかにこの前線基地にはないものだから、彼女が自分で持ち込んだものだろう。いや、それよりも――あの魔術回路はなんだ。すさまじく精巧で、芸術品のような線の美しさ。魔力が通っているからだろう虹色の輝きを含んでいる。

「バリケードから離れて！」

アストリッドが言うと、金網の付近にいた冒険者も兵士もあわてて離れた。

「3！　2！　1！」

カウントダウンが終わるタイミングで、

「ゼロ！」

アストリッドは金網を銅板に接続した。

ぴりっ、と虹色の電流のようなものが金網全体に走った――それはつまり左右に展開するバリケード全体を駆け巡り、次の瞬間、オレンジ色の輝きを放った。

「――おおっ」

「――なんだこりゃ!?」

「――あったけえ」

バリケードに積もっていた雪を溶かし、水蒸気が上がる。金網全体が熱を持っているようだが、木製であるバリケードを燃やすほどではないようだ。アストリッドがもう片方の魔道具に金網を接続している間に、小型の冬の悪魔――氷が人型となったもの――が現れ、吸い寄せられるようにバリケードに近づいていく。

『ギィアアアアアッ』

金網に触れた瞬間、溶け出し、すぐにその姿は蒸発してしまった。

「――すっげえ！」

「――勝手に倒してくれんのかよ!?　最高じゃねえか！」

「――防衛効率が段違いになるぞ！」

冒険者と兵士が盛り上がるが、アストリッドは手を鳴らした。分厚い手袋をつけているのでボフという音だったけれど。

「言っておくけど！　浮遊する悪霊や、さっきエミリくんが倒した巨大なモンスターには通じないからね。特に巨大な敵は、バリケードごと破壊してくるだろうから、優先して倒して欲しい」

アストリッドは冷静に指示をした――もう片方の金網もオレンジ色の光を放っていた。

夜の闇でも、防衛ラインがはっきりとわかりやすく見えていた。

そうこうしている間にも数匹の冬の悪魔がやってきては金網にぶつかって消滅した。

「こ、これが……魔道具、発明の力か」

司令官が啞然としていると、アストリッドが、

「試作で熱した甲冑を突っ込ませていたときにわかったのですが、冬の悪魔は熱を持っている相手を襲うという性質があるようです」

「う、うむ……それは過去の戦闘で経験しておる。だが単なる熱ではダメだ。焚き火を置いておいてもそこには入らぬからな」

「おっしゃるとおりです。なので、魔力による発熱……おそらく、魔力に似た性質を持っているチャクラもそうだと思いますが、それらには反応します。そのためにああして魔道具を稼働させておけば冬の悪魔が自滅してくれます」

「ちなみに……魔石をかなり使っているようだったが」

「ああ、あれは自前なので大丈夫ですよ。ノストでは入手困難ですが、他国ではふつうに売ってい

るものですし」

「消費が激しいのかね？」

「10個ずつセットしていますが、おそらく2……あるいは3……」

「ふむ……2時間か3時間か。それだけでも十分ありがたいな。兵士も冒険者もしっかりと休息できる」

「――え？」

アストリッドがキョトンとした顔で司令官を見る。

「いえ、違います。2日か3日はいけますよ」

「2日……な、なんだって!?」

「これでも魔力の効率化には自信がありましてね」

「き、君！　これはとんでもない発明だぞ!?」

「そうですか？　機構は単純なので誰でも作れますが……まあ、魔力の効率化には自信がありますけどね！」

アストリッドは、大事なことなのか同じことを2回言った。

「大型の冬の悪魔に集中すればいいということは、兵力の維持にもつながるし、中型、小型の冬の悪魔を相手にしなくてよくなれば長時間の継戦で心身ともに疲弊するのを防ぐことができる！　なにせ大型の冬の悪魔など、数日に一度しか出現しないからな！」

そんな話をしている間にもまた数体の冬の悪魔が飛び込んで来ては蒸発して消えていく。バリケードの内側で、それを眺めて冒険者と兵士たちが「お〜」なんて声を上げている。彼らは前線でアストリッドの発明を見てきたので「アストリッドちゃんならこれくらいやってのける」という謎の信頼を持っているのだろう。

だけれど、司令官は違う。

報告では聞いていたが、まさかこれほどとは——興奮を抑えきれない。

「な、なるほど」

一方のアストリッドは、めっちゃまくしたてられて後じさった。正直言うとちょっと引いていた。

「いいかね、君！　これはなにより——」

「はい、司令官、そこまで〜」

横から割って入ったのがエミリだった。

「大型の冬の悪魔が出てきたらあたしを呼んでくれれば対処するから。今はとりあえずご飯タイムよ」

「あ、ああ……そうだったな。すまない、興奮してしまった。君の発明があまりにすごくて」

うんうんとうなずく司令官の脳裏には、この5年間の厳しかった戦いがフラッシュバックしている。こんな、自動で冬の悪魔を倒してくれる魔道具があれば、いったいどれほどの被害を防げたことだろう。

過去を振り返っても仕方のないことだとはわかっているし、むしろ今回、アストリッドという発明家がいてくれたことに感謝しようという気持ちではあるのだが。

「でもさ、アストリッドが作ってくれたせっかくの『冬の悪魔ホイホイ』だけど」

「え？　もしかしてエミリくん、君は私の発明に勝手に名前つけた？　しかもネーミングセンスゼロの名前を？」

「司令官さん、残念だけどあんまり使う余地はないかもよ？」

「……む？」

エミリの言葉に司令官が首をかしげる。愕然としているアストリッドはスルーしている。

「どういうことだね？　戦闘の本番はこれからだぞ。親玉を討伐しない限りは冬の悪魔は発生し続けるからな」

「その親玉を倒しにいったんでしょ、レイリンさんは」

「……うむ。だが倒せる確率は……かなり低い」

それほど簡単に倒せる相手ならば苦労はしない。

「過去、冬の悪魔の親玉を討伐できたときには、少数精鋭による奇襲だった。討伐難度は極めて高い……ここから北に向かうわけだから風も寒さも雪も強まり、冬の悪魔の出現密度も上がるから、それをかいくぐって親玉に到達せねばならない。親玉も、毎年その姿を変えるので、確実な対策方法もない……ある年は死霊の王《ノーライフキング》であり、ある年は氷竜であり、ある年は数百という雪玉だったこともある。そのため私がここに着任してからは、よほどいけると判断できたとき以外は向かわせていない」

「レイリンさんが行ったってことはワンチャンあると思ったんじゃないの？」

「……確かに、レイリンにここに赴任してもらったのはその可能性があると踏んだからで、君の言うとおりだ。月狼族の身体能力があれば、今年の親玉との相性がよければ倒すことができるだろうと。まず偵察をし、それで相性が悪ければ撤退するようにレイリンには厳命している」

「月狼族がひとりでワンチャンあるってことは、ふたりいれば、いいいればもっと可能性はあるのよね？」

「ふたり？」

司令官は聞き返そうとして、気がついた。

「まさか、君が言おうとしているのは……」

そのとき、食堂の扉がばんっと開かれ、明かりを背負って現れた少女がいた。

ぴょこんと飛び出たオオカミ耳の先端は白く、手はふっさりとした毛に覆われている。彼女は、今の今まで食事をしていたのだろう――もぐもぐもぐもぐと口を動かしてから、ゴックン、と呑み込んだ。

「――ティエンさん、帽子をお忘れですよ」

なかからメイド姿の少女が現れて、ティエンに毛皮の帽子をかぶせてやる。それから流れるような手つきでティエンの口をナプキンで拭き取った。

「ニナ、ごちそうさまなのです。身体がぽかぽかする。これで今までの倍以上は動けるのです」

その会話が聞こえて来た司令官は耳を疑った。

今までの倍以上動ける？

報告によると月狼族の少女は、兵士たちが持てる3倍以上の荷物を軽々と運び、冒険者たちが掃討できる冬の悪魔の3倍以上を倒したはずだ。たったひとりで。

　その倍？

「厚着をしている状態で汗をかくと逆に身体を冷やしてしまいますから気をつけてください」

「うん。そう聞いてたから、辛いのはあんまり食べてない」

「……ほんとうに、行かれるのですね？」

「うん。チィは、あの男——レイリンを追うのです」

「ちょ、ちょっと待ちたまえ！」

　司令官がそちらへと駈けていく。

「よもや君はレイリンを追いかけて北に行くと言うのかね!?　たったひとりで!?」

「そうなのです」

　こくり、とティエンがうなずいた。

「危険だ。いくら君が月狼族であると言っても……」

「危険であることはちゃんとわかっているのです。ニナにも、エミリにも、アストリッドにも止められたからね」

「すでに夜だ。暗くては見えないだろう」

「チィはニオイでたどれるのです。それに雪明かりもある」

「では、レイリンを追って……どうするのだね？　もう数日待てば増援が来る。発明家殿の作った魔道具もある。安全に待てるではないか。追いついたとて、彼は引き返さない。冬の悪魔の親玉を倒しにいくのだから。君とて、君を攻撃したレイリンを助けたいわけでもあるまい」

「……わからないのです」

「わからない？」

「チィも、あの人にもう一度会ってどうすべきか、わからないのです。だけど、今追わなきゃきっと後悔するのです」

「後悔……？」

「――1発くらいは殴るかもしれないですけど」

わからないが、行く？　それこそ司令官にはわからなかった。

だけれど、ふん、と鼻息を荒くしたティエンはもう司令官を見もしなかった。

「ティエンさん……これをお持ちください。お弁当です」

ニナはティエンに包みを手渡した。ほんのり温かいそれをティエンはコートの内側にしまった。

「ありがとうなのです。いってくるからね」

「はい、いってらっしゃいませ。――お気をつけて！」

最後、ニナの声が大きくなったのは、すでにティエンが走り出していたからだった。走り出すと速い。とんでもなく速い。向かい風を突き破って走っていく。

「ティエン～！　ついでに親玉倒しちゃってもいいからね！」

「ティエンくん！　無理はするなよ！」

エミリとアストリッドも声を掛けると、まだ外に残っていた冒険者や兵士、それにバリケード付近にいた者たちも声を掛ける。

「――ひとりで行くのか!?　無茶だぜ！」

「――気をつけてなあ！」

「――ティエンちゃんが強いのはわかってるが、敵も強いからな！」

帆船が風をはらんで海をゆくように、ティエンは歓声に背中を押されて走っていった。


アストリッドが作ったオレンジ色の防衛ラインを超えると、目の前には黒々とした道が真っ直ぐ走っている。エミリの魔法の痕跡だ。まだ熱を持っているそれは、ほかほかとした湯気を上げている。その黒い道は100メートルほど進んだところで消えているが――こんなところまで魔法の威力が届いていたのかと思うとエミリのすごさを思い知る。

「……エミリだけじゃない、アストリッドも」

チラリと振り返ると、すでに周囲は闇に沈んでいるが、遠目にオレンジ色の防衛ラインが見えている。そして冬の悪魔がまた1体、突っ込んでは蒸発した。

「それにニナも」

懐に入れた包みがほかほかとした温もりを持っている。ニナの温かさと同じだ。そう思うと途端に心強くなる。

傍から見るとニナは「食事を振る舞っただけ」にしか見えない。だがあの場で出された食事は、味はもちろんのこと、身体を芯から温め、肉体を活動的にする効果があった。これほど酷寒の地で戦うのであればその効果は絶大だろう。寒さに指がかじかみ、筋肉が強ばれば、敵との戦いでミスが起きる。それを、食事で防げるのであればこんなにすばらしいことはない。

ニナの働きはエミリやアストリッドより地味だ。だけれど彼女のすごさはそこにない。ニナがいるだけで、その場にいる全員の動きが格段に良くなる。人が多ければ多いほど、ニナの真価は発揮される。ケガ人の治療までできるのだ。これから増援が来るのであれば、なおさらニナは輝くだろう――ティエンは自身のいたイズミ鉱山復旧作業の経験から理解している。あのときは最後、ニナを「聖女様……」と拝み出す鉱山労働者まで出てきた。

（それに比べてチィは）

いつも、そう思ってしまう。

力があって、モンスターを薙ぎ倒す力はあるかもしれない。

でもエミリのようになんでもできる幅の広さはなく、アストリッドのように彼女が遠く離れても効果を発揮できる発明品を残せるわけでもない。

この「メイドさん」パーティーにいて「自分にもっとできることはないのか」と思うことはしばしばあった。こんなふうに、自分のワガママを優先させてもらっているときはなおさらだ。

苦労して北の果てまでやってきた。ニナの目的地である「幽々夜国」を後回しにして。だというのに得られたのは、月狼族の武官、レイリンからの「攻撃」だけ。

こうしてひとりになってみると、ふつ、ふつ、と怒りが込み上げてくる。

はるばるたずねてきた同族の自分に、いきなり攻撃を仕掛けるヤツがあるか。

なんて非常識なのか。

過去になにがあったのか知らないけれど、会話から入るのがふつうじゃないのか。

「むん！」

ティエンは大きく跳躍した。いつの間にか吹雪いており、そのモンスターの接近に気づかなかった。さっきエミリが魔法で蹴散らしたのよりは小柄だが、それでもティエンの身体の倍以上はある冬の悪魔が5体も迫っていたのだ。

「てい！」

冬の悪魔は凍えるほどに冷たいが、動きはさほど早くない。ティエンが蹴りをくれると1体目の頭が破裂して——雪玉となって飛び散ってその場に崩れ落ち、次いで2体目、3体目とパンチで胴を吹っ飛ばす。最後の2体はティエンに気づいて氷の塊を放ってくるが、ティエンはすでにその場にいない。

「遅いのです」

真後ろに回り込んで蹴りをくれると、2体とも雪の塊に変わって崩れ落ちた。

ティエンはすでに走り出している。方角は北、雪の斜面を駈け上がっていく。ここは山裾で、日の前にはノストと北の海を分かつ山脈がそびえている。

レイリンのニオイははっきりとわかる。それが月狼族特有のニオイなのだとすでにティエンは気づいていたが、無礼なレイリンを思い返すとそのニオイが忌々しいものに感じられてきて、むっつりと鼻の頭にシワを寄せる。

「……1発じゃなく、2発くらい殴ってしまうかもしれないのです」

ティエンは、まったく疲れた様子もなくどんどん走っていくのだった。

冬の悪魔の親玉は、親玉、としか言いようがない。

なぜかと言えば司令官が言ったとおり毎年その姿や種類が変わるからだ。

だが変わらないこともひとつある。

親玉は、山脈のどこかにいて、そこで冬の悪魔たちを生み出している。

「……ようやくだな」

レイリンはすでに親玉のいる場所へと到着していた。

すり鉢状の底は、平たく広い地形。中心に青々とした光が渦巻いていて、邪悪な気配がそこから立ち上っているのを感じる。過去の実績よりもかなり南に位置している——それが1か月も早い襲撃につながっているのかどうかは、レイリンにはわからないし、考えるのは彼の仕事ではない。

分厚い毛皮を着込んでいるというのに、この光を浴びているだけで骨から凍えるような感じさえする。レイリンの内にある生命の根源が、この存在を拒否しているかのような嫌悪感。

ゴウッ、と青い光が放たれると、悪霊が数体飛び立った。

『ケケケケケッ！』

『ギエッ！　ギエッ！　ギエエッ‼』

『ギイイイ』

耳触りな声とともに。

それら悪霊は雪や氷柱、冷気を含んで冬の悪魔へと姿を変える。

「……今年の親玉は、アレか」

光の中央にいる、ひときわ大きな存在があった。

あぐらをかいて座っている巨人――エミリが見たら鎌倉や奈良の大仏を想像するほどに巨大な存在だった。青白い炎の身体に、甲冑を纏っている。白銀の甲冑は炎を映じて青々と光っていた。

これほど巨大な甲冑――金属鎧《プレートメイル》など実際には存在しない。これは怨霊の思念が具現化したものなのだろう。頭もマスク付きの兜で覆われており、目の部分だけがぽっかりと空いていて、爛々と紫色の瞳が光っていた。

「凍てつく甲冑《フロストジェネラル》」は冬の悪魔のなかでも手強く、厄介なモンスターである。知恵が働き、生半可な攻撃ではその鎧に弾かれる。さらには動きも俊敏という。

そんなフロストジェネラルがこれほど巨大化しているのだから、倒すには相当骨が折れるだろう。

「ふー……」

想定以上に大きい相手だ。いくら歴戦の猛者である月狼族であっても、これほど巨大なモンスターを相手にしたことはなかった。レイリンは服の上から胸に手を当てる。そこには月狼族として群れで行動していたときに仲間とともに作った首飾りがある。いつでもどこでも、お互いを守りあおうと誓ったものだ。

　今ここに仲間はいないのだけれど、それでも、首飾りがあるだけで気持ちが強くなる。

「さて、どうするか……」

　レイリンが再度思考を巡らせようとしたときだった。

「!!」

　フロストジェネラルの首がぐるりとこちらを向いて、岩陰にいるレイリンを捉えた。なぜ、とか、どうやって、とか考えている余裕はない。なぜならフロストジェネラルはすでに右手に巨大な槍を持って、穂先をレイリンに向けていたからだ。

「——チッ」

　その巨体からか、動きの出だしこそ遅いものの、突き出される槍はあっという間にトップスピードになってレイリンが隠れていた岩に突き刺さる。直後、岩は爆散し、回避中のレイリンにも飛び散ってくる。

「なんだその攻撃は！　バケモノめ！」

　戦闘開始のゴングとするには十分だった。フロストジェネラルが生み出していた冬の悪魔たちがレイリン目がけて走り寄り、あるいは氷を投げつけてくる。レイリンはすり鉢状の地形を、ぐるり外周を走りながらかわしていく。その速度は常人ではあり得ないほどのものだが、レイリンの表情は苦しい。

　雪による足場の悪さ、それに寒さで筋肉が強ばっているのだ。ベストコンディションならばもっと速く走れるのに。

だがそれでも、冬の悪魔が追いつけないほどには速い。すり鉢を下って一気にフロストジェネラルに迫る。

『——コオオオオオ……』

「遅い」

槍を横薙ぎに振るおうとするが、やはり振り始めが遅い。すぐにレイリンはあぐらをかいているフロストジェネラルの膝に飛び乗り、

「ゼエアッ」

飛び上がった。すぐそこに、レイリンの身体よりも大きなフロストジェネラルの顔がある。

「オアアアアアアアッ!!」

レイリンの両手は、分厚い金属製のガントレットが包んでいる。

空中という、踏ん張りの利かない場所ではあったが、レイリンは相当な重量があるガントレットを軽々と振り回し、文字どおり鉄拳をフロストジェネラルのマスクに叩きつける。

ゴアアアアンと寺の鐘でも撞いたような音が響き渡る。

「!?」

しかしレイリンは目を瞠る。手応えがないのだ。彼の手は確かに分厚い金属を殴ったという感覚はあったが、その向こう側はカラッポ、という感じだった。まさに鐘を撞いたのと同じだ。

『——コオオオオオ……』

「チィッ」

フロストジェネラルの甲冑の隙間から青白い炎が噴き出す。見た目こそ炎だが、触れると恐ろしいほどの低温という炎だ。レイリンは着地と同時に後方に跳んでかわす。

『ギエッ！』

『ギエエッ！』

かわした先には冬の悪魔が待ち受けている。それを倒していると、槍の攻撃が迫ってくる。

「厄介にもほどがある……！」

レイリンは歯噛みした。

「どうする……」

様々な考えが頭をよぎる。

攻撃が通じている感じがしないが、ひょっとしたら通じているのかもしれない。だから攻撃を続けるべきだという考え。

攻撃する場所を変えたほうがいいだろうという考え。

単独で倒すのは難しいので、撤退するべきだという考え――。

不意に、思い出した。

――ねえ、レイリン。私と娘、それにシャオはすこしの間、群れから離れようと思うの。

月の明かりに照らされた長く美しい黒髪。

緑豊かな森の夜、彼女は言った。

どこか思い詰めたような顔だった。


――もし進むべきか、退くべきか迷ったら、退くように族長に進言して。お願いね……。


彼女は、ツィリンは確かにそう言ったのだった。

なぜ今になってそんな記憶を思い出したのか。

「進むべきか、退くべきか」

レイリンは、カッ、と目を見開いた。

「――誇り高き月狼族は、退くことなどしない!!」

再度迫り来る槍を、紙一重の距離でかわす。暴風がレイリンの外套をはためかせるが、ものともせずにレイリンは走り出す。

「ウオオオオオオ!!」

そして吠える、ただひとり戦う自分を鼓舞するために。

ティエンは何時間も休まずに走った。時刻はすっかり夜更けとなっていたが、それでも身体はポカポカと温かいままだった。吹きつける風は厳しさを増し、気温はさらに下がったように感じられたが、それでもティエンの足は緩まない。

「――ッ！」

そのときティエンは、風に乗って声を聞いた。冬の悪魔たちの耳障りなそれではない。ティエンの本能に訴えかけるような咆吼――同族の声だとすぐに気がついた。

レイリンのニオイも徐々に濃くなっている。つまり、彼の居場所は近く、さらに吠えているということは戦闘中なのだ。

ティエンはますます速度を上げた。やがて山岳地帯の小山を越えた向こうに――その場所を見つけた。

すり鉢状になっているが、そのところどころが崩れ、雪が吹き飛んでいる場所は地面が露出している。

分厚い雲の下は夜の闇なのだが、そこだけは明るい――青白い光に照らされていたからだ。

「あれが……冬の悪魔の、親玉……！」

想像以上の大きさにティエンは驚き、次に、血のニオイを嗅ぎ取った。

「――レイリン!!」

斜面の下のほうに、こちらに背を向けて立っている男がいた。

ティエンが滑り降りるようにそちらに近づくと、

「……ティ、エン、か……なに、をしに来た……」

外套はあちこちぎれ飛び、そこから血が流れていたが、それらはすでに凍っていた。彼の身体は雪にもまみれており、身体のどこかが凍傷に冒されていてもおかしくないという状況だ。

「勝ったのですか」

「……ふっ、そう、見えるか……？」

目の前にそびえるフロストジェネラルは、その甲冑こそあちこち凹み、ボロボロになってはいた。槍は途中から折れているし、たったひとりでここまで追い込んだのかとティエンが驚くほどだった。

だが、フロストジェネラルは生きている——悪霊なので「生きている」という表現はおかしいかもしれないが、まだ動く。

『——ゴオ、オオオ、オオオ……』

動きは鈍いが、ティエンを新たな敵だと認識したようだ。

「な、なんなのですか？　これは……」

しかも——最悪の事態が起きた。

フロストジェネラルの身体から青白い炎が噴き出したと思うと、ボコボコになっていた甲冑が修復され、折れた槍が元どおりになったのだ。

『——コオオオオオ……』

悪霊は実体を持たないモンスターだ。甲冑もまた悪霊が生み出したものである。ゆえにこうして元に戻せる。

「……つまり……最悪の、敵って……わけだ……」

「………」

ティエンは「むむむ」という顔をしていたが、

「とにかくいったん離れるのです」

「──ッ!?」

ティエンは軽々とレイリンを抱き上げると、すり鉢の斜面を駆け上がって向こう側へ逃げていった。

「俺を、どうする気だ……担いで逃げるのか……」

「………」

離れた場所の岩陰にレイリンを下ろしたティエンは、

「……ほんとうはイヤでしたけど」

懐から包みを取り出した。

「……なんだ、これは……。ん!?」

レイリンもまた月狼族であり、ティエンと同じようにすばらしく鼻が利く。つまりティエンが持っているものが食料なのだということにすぐ気がついた。

しかも、極上の香りだ。

思わずレイリンが身を乗り出し、食い入るように見つめてしまうほどに。

「ほんとうは、イヤでしたけど」

ティエンはもう一度同じことを言って包みを開いた――そこには、大きなおにぎりがふたつあった。出汁を使って炊き込んだご飯は茶色をしており、いくつもの具材と、スパイスが含まれているニナ特製おにぎりだ。

「あっ！」

すさまじい速度でそのひとつを奪われた。

「――はむっ、はぐはぐっ、はむ」

レイリンはおにぎりをそのまま口に運んだ。すごい勢いで食べる彼を見て、ティエンは「あっ、あっ、あっ」と悲しそうな声を上げる。それはそうだろう。ティエンにとってニナが持たせてくれたおにぎりは、このモンスター討伐においてたったひとつのご褒美なのだから。「この感触はきっとふたつはあるのです。親玉と戦う前にひとつ、倒したらもうひとつ食べるようにする？　それとも帰りにふたつ食べる？　ああ、とっても楽しみなのです」とそんなことを考えていたのに、ここでひとつをレイリンに食べさせることになってしまったのだ。

「ふうっ、ふうっ、ふう……ッ!?」

あっという間にひとつを食べ終えたレイリンが手についた米粒までも口に運んでいたとき、その目を見開いた。

「な、なんだこれは……体温が、上がる……身体の奥底から力がみなぎってくる」

「ニナのおにぎりなのです」

「ニナ……？　いや、これはおかしいぞ。ただ、飯を食っただけなのになぜこんなに力が回復する

のだ」

「メイドなら当然なのです」

レイリンは、さっぱり意味がわからなかったが、ティエンは納得している。新陳代謝を高め、身体を温めるスパイスを――ちょうどティエンの身体が今もポカポカであるように――たっぷり含んだおにぎりなのだ。自身の肉体のコンディションに敏感な月狼族ならば、まるで生まれ変わったように動けるようになるだろう。

「そんなことよりあの親玉について教えるのです」

「フロストジェネラルか……」

「名前なんてどうでもいいのです。さっきの、甲冑が直るのはなんでですか」

それからティエンは根掘り葉掘りフロストジェネラルについてたずねた。甲冑が直るのはすでに1回、レイリンは経験していたらしい。それがたった1回こっきりのものならば押し切れると思っていたが、2回目がさっき起きたので「何度も直せる」ことがはっきりしたという。

「……つまり、退くしかない」

ぎりり、と奥歯を噛みしめたレイリンに、ティエンは、

「冬の悪魔を呼び出す間隔を教えるのです」

「……ん？　それを聞いてどうするんだ。撤退しろと俺は言ったんだ」

「さっさと教えるのです」

「な、なんなんだお前は……冬の悪魔はいくらでも呼び出せるようだぞ。俺がここに来てから、も

う、30か40は召喚している」

「それで？　フロストなんとかは、敵を見るとすぐに攻撃してくるのですか」

「見てのとおり、そうだ」

「でもチィは攻撃されなかったのです」

「そりゃ、お前……」

言いかけたレイリンは「そう言えばそうだな」と首をかしげた。

「チィが見ている範囲では冬の悪魔を呼び出してなかったのです」

「……ふむ……？」

「つまりフロストなんとかは、甲冑を直すのにも、冬の悪魔を呼び出すのにも、同じ力を使っているのです」

「!!」

レイリンはハッとした。

「そ、そうか。だから、明らかに敵であるお前を見ても攻撃しなかった……冬の悪魔を呼び出して追跡させることもしなかった……。違う、できなかったんだ」

「フロストなんとかは弱っているのです」

「フロストジェネラルな」

「なんでもいいし」

「よくはないだろう」

「まあ、フロストなんとかはチィが倒してくるので、オッサンはそこにいるのです」

「オッサンじゃない。まだ35歳だ」

「完璧にオッサンだからね」

「いや、30代は……そんなことはどうでもいい」

レイリンもまた立ち上がる。

「俺も行こう」

「足手まといは困るのです」

「もう大丈夫だ。あの握り飯は最高だ」

「ニナのおにぎりだから。当然だから」

ふふん、とティエンは胸を張っている。

「ところでお前……よくあのフロストジェネラルが弱っているかもしれない、なんて思いついたな？　誰かに聞いてきたのか」

「違うのです。『モンスターはちゃんと観察すること。疑問があったら解決すること』ってエミリが言ったのです。『情報を集めたら、それを整理するんだ。そうしたら知識になる。もっと深く考えれば知恵になる』ってアストリッドが言ったのです」

「だ、誰だよ、それは……」

「チィの——とても大切な仲間なのです」

ふたりはすり鉢状になっているてっぺんまでやってきた。

見下ろしたそこには、確かにフロストジェネラルがいる。だが冷静になったレイリンは、今ならわかる——こいつは、確実に小さくなっている。弱っている。その証拠に冬の悪魔の召喚が止んでいる。

「——行くぞ、ティエン」

「命令しないで欲しいのです。おにぎりをひとつあげたこと、怒ってるんだからね」

「それは……悪かったよ」

まさか、そんなことを謝ることになるとは思いもしなかったのだろう、レイリンは苦笑した。

出会い頭に攻撃を仕掛けたことでもなく、おにぎりのことを謝ることになるとは。

「……不思議だな」

ついさっきまでは絶望的な状況だったというのに、今はもう違う。

おにぎりひとつでコンディションが劇的に変わり、考え方ひとつで勝機が見えた。

そしてレイリンの横には、同じ月狼族の少女がいる。

頼れる仲間が。

「アアアアアアッ！」

ティエンが、吠えた。

レイリンは同族の声に、身体が、魂が震えるような感動を覚えたのだった。

レイリンは口を開いた——そのとき発せられた咆吼は、これまでよりも力強さに満ちていた。

前線基地で、ニナも、エミリも、アストリッドも、夜通し起きていた。

いくらティエンが月狼族で、彼女の身体能力に絶大な信頼を置いているとは言っても、たったひとりで彼女を敵地に送り込んで平気ではいられなかった。

夜半に、雪がピタリと止んだ。それだけでなく雪雲もなくなり、キンと冷え切った夜空には月が昇った。月光に照らされた雪景色は青々としていて美しいのだが、バリケードに載せられた金網のオレンジ色の光は、イルミネーションと呼ぶにはいささか物騒だった。

雪が止んだということは、親玉を討伐できた可能性が高い――とは、司令官から聞いた言葉だった。それを聞いて一瞬喜ぼうとしたニナだったが、まだティエンは帰ってきていない。無事に帰ってくるかどうか、確認しなければ安心はできなかった。レイリンが倒し、ティエンが大ケガを負っているということだってあり得る。

刻一刻と時は過ぎていく。

司令官は様子を見るために10人からなる偵察部隊を北へ向けて送り出していた。エミリの魔法によってできた黒い道はすっかり雪に覆われており、彼らはその雪を踏んで北へと向かった。それからもう2時間以上は経っている。

「……朝が来たみたい」

ログハウスの扉をうっすら開けたエミリが言った。すでに月の位置は大きく傾いており、明るみ始めた東の空が見えていた。

「お茶を淹れ直しますね……」

とニナがイスから立ち上がったときだった。

なにか、聞こえた。

テーブルに突っ伏していたアストリッドもまたハッと起き上がった。

「今の……聞こえた？」

「き、聞こえました」

「ああ。誰かの声みたい――」

声、という言葉をアストリッドが口にした瞬間、エミリは扉を押し開いて外へと飛び出し、それに続いてニナも出て行った。アストリッドも足をもつれさせながらあわてて出て行った。

静かだった。あらゆる音を雪が吸ってしまって、世界から音の一切が絶えたかのような場所だった。オレンジ色の金網があるバリケードの向こう――北へと真っ直ぐに続く道に、いた。

「――おおーい」

それは偵察に出ていた10人の兵士だった。

そして、それだけではなかった。

「あれは……」

アストリッドがつぶやいた。

兵士に囲まれ、ふたりの、月狼族がいたのだ。

小さな少女が、大きな大人を背負って歩いている。

そのサイズからしたら立場は逆だろうと言いたくなる姿だったが、少女は、しっかりとした歩調でこちらへと歩いてくる。

東の空に今日の始まりを告げる太陽が現れた。

曙光が、舐めるように雪原を通り抜け、針葉樹林の合間を縫って、北へと続く細い道を照らし出した。

雪にまみれたティエンがこちらに歩いてくる姿がはっきりと見えた。

「ティエンさん!!」

ニナは、ふだんの彼女にはあるまじき大きな声を上げて走り出していた。エミリも、アストリッドもそうだった。

走ってきた3人に気づいたのだろう、ティエンは――笑った。

ぽいっ、とレイリンを放り出して、ニナたちのもとへと走っていく。

ニナが最初にたどり着き、ティエンの身体を抱き止めた。

「おかえりなさい……ティエンさん。ほんとうに、無事で良かった……」

「ただいまなのです！」

ティエンの声は大きかった。そして大きかったのは声だけではない。

――ぐるるるるる。

凶暴な音がお腹から鳴ったのだった。

それから――前線基地の兵士も、冒険者も全員が起こされ、冬の悪魔の親玉であるフロストジェネラル討伐を祝った。この冬はこれで越せるが、冬の悪魔がゼロになることはないらしく、引き続き司令官たちは前線基地を守ることになるという。だが、最大の脅威は去ったのであとは楽だと安心しきった顔だった――なにせアストリッドの発明品まであるのだ。

ニナが動き回って大量の朝食が提供された。

「ティエンさんが無事に帰ってくるって思っていたので、いっぱい仕込みをしておきました！」

今でこそにこにこしているニナだったけれど、ティエンを抱き止めたときには目尻にうっすらと涙が浮かんでいた。戦闘に加勢できないメイドだからこそ心配が大きくなる。

ティエンは大量のおかゆに大量の揚げパンをひたして食べながらなにがあったのか話した。

親玉、フロストジェネラルはティエンとレイリンとがフルボッコにして倒した。最後はティエンの腰ほどの大きさにまで磨り減り、爆散して消滅したのだとか。

レイリンを背負って歩いてきたのは、レイリンは帰り道の体力がなかったのだという。

「チィにはニナの特製おにぎりがありましたから」

ドヤ顔でティエンは言ったのだが、ティエンはおにぎりをひとつ残していたからこそ、フロストジェネラル討伐後にそれを食べて、レイリンを担いで帰ってこられたと言った。

「そんな……」

おにぎりひとつにそこまで力はないだろうとニナは思った。でも、わざわざそれを言うのは野暮というものだ。他の冒険者たちから「なんだい、その特製おにぎりってのは」と聞かれたティエンが「絶対に教えないのです。チィだけのものだからね。レイリンに食べさせたくなんてなかったのです」と独占欲剝き出しで言ってくれるのが、むずがゆいような、うれしいような気持ちだった。

　レイリンは身体中に細かい傷がいっぱいあったものの致命傷はなく、ティエンの言ったとおり単純にガス欠だったようだ。無言で、夢中で、ニナの出した朝食を頰張っている。

「月狼族がいる家庭は大変よね」

「ふたりもいたら、食費だけで破産するかも」

　エミリとアストリッドは、おかゆの次に巨大な肉の塊が大皿に載って出てくるのを横目で眺めながらお茶をすすっていた。

　朝だし、前線基地なのでお酒こそ出てこないけれど、兵士も冒険者も、例年よりはるかに早い時期の戦闘終了を大いに喜んでいた。冒険者ならば稼ぎが減ってしまうことはないのかとエミリは心配したのだけれど、従軍だけでかなりの報酬が出るらしい。「もちろん、君たちにも十分な報酬を約束しよう。特にアストリッドくんの発明品は是非とも買い取らせてほしい」と司令官が言ったので、アストリッドもほくほく顔だった。

　兵士も冒険者も一通り食事が済むと、喜び顔で周囲の冬の悪魔掃討に向かった。外は晴れており、視界もいい。これならば安全に戦えるだろう。

　最後まで残っていたのは、いまだに食事を続けているティエンとレイリンだった。

「ふぅ……いっぱい食べたのです」

「お茶をどうぞ」

「ありがとう」

　さすがにティエンも食事を終えると、レイリンもスッと空になった茶碗を差し出し、ニナに注いでもらっていた。

「……改めて礼を言わなければならないな、君たちには」

　お茶を口に含んだレイリンは、神妙な顔で言った。

「ここに戻ってくる道すがら聞いたのだが、本来の予定を変えてまでここまで来てくれたとか。司令官のあの感謝のしようを見ていると、魔導士と発明家のふたりもかなりの腕だということがわかる。それに……あのおにぎりは絶品だった。死んだ身体が生き返ったかのようだった」

「いえいえ、メイドなら当然です」

「ぜひまた作ってもらいたい――」

　レイリンが切り出すと、キッ、とすごい顔でティエンがにらんできた。

「わかった、わかった……約束だったな。メイドのニナには手を出さないと……」

　なんだか妙な約束を、帰り道にしてきたらしい。

「あのさ、そんなことよりあたしとしてはどうしてティエンを攻撃してきたのかが知りたいんだけど？　そもそもティエンは、あなたに会いにここまで来たんだよ？」

　話をぶった切ってエミリがたずねると、

「ああ……その話をしようか。先に確認しておきたいが、ティエン、君はシャオとツィリンの娘のティエンだな？」

ティエンはうなずいた。

両親のことを少しだけ覚えているティエンだったが、レイリンのことは覚えていなかった。

だけれど彼がはっきりとそう言ったということは――レイリンはティエンのことを覚えているということだ。

「………」

レイリンは改めてティエンを見つめる。目を細めたその表情はなにかを懐かしむようでもあった。

「俺は……シャオとツィリンと同じ傭兵団で活動していた。傭兵団に名前はなかった。『月狼族の傭兵団』と言えば俺たちしかいなかったからな……だがその傭兵団は、もうない」

「……ない？」

「壊滅したんだ。最強の傭兵団だったが……裏切りによってな。シャオとツィリンが、裏切ったんだ」

「!?」

レイリンの語り口は落ち着いていた。だからこそ衝撃が、静かに広がった。

「お父さんとお母さんが、そんなことするわけ……！」

腰を浮かせたティエンに、レイリンは右手を開いて止める。

「裏切ったのだと……俺は信じていた。裏切りでもなければ月狼族の傭兵団が壊滅するなんてあり得ない。俺たちはひとりで数十人を相手にできる身体能力を持っているからな」

それは、聞いているニナも納得できる話だった。ティエンひとりでこの強さなのだから、集団になったらとてつもないだろうと。

「詳しく話そう。落ち着いて、最後まで聞いてくれ」

「…………」

ティエンがイスに座り直したのを見て、レイリンは続ける。

「俺たちの傭兵団が壊滅する少し前に、シャオとツィリンは傭兵団を離れたんだ。娘であるお前をどこぞに預けに行ったらしい。理由ははっきりとは言わなかったから、怪しいなとは思っていたがね」

ティエンがイズミ鉱山の孤児院にやってきた出来事のことだろう。

「その後、シャオとツィリンは傭兵団に戻ってきた。それからしばらくはともに行動していたが、ある日……俺たちの本拠地が、別の傭兵団に襲われた」

「襲われた……？」

「そうだ。傭兵団は金をもらって戦争に参加するからな、いつ誰に恨まれても仕方がない。それに『月狼族の傭兵団』は連戦連勝だった……今になって思えば、深く恨んでいるやつは山ほどいただろう。でも、俺たちの本拠地がどこにあるのかは傭兵団以外の誰にも知られていなかった。深い森の中にあったし、一族でない者が偵察にでも来たらニオイでわかる。だが襲撃者は迷いなく、真っ直ぐに本拠地へとやってきて襲撃したんだ。そうなったら事前に察知することもできん。つまり、誰かが本拠地まで手引きをしたんだ……裏切り者がいたんだ。そう、シャオとツィリンだ」

「どうして、ティエンのお父さんとお母さんが裏切ったんだって断言できるの？」

今度はエミリがたずねると、

「……深夜、襲撃を受けた俺たちは反撃のために動いたんだが、そのなかにシャオとツィリンの姿が見えなかったからだ」

「それだけ？　夜中の激戦だったんでしょ？　ふたりがいなかったっていうのは確実なの？　他にいなかった仲間もいたんじゃないの？」

「それはない。俺たちにはわかるさ。ニオイでわかる。お前なら理解できるだろう、ティエン」

そう聞かれたティエンは、難しい顔をしていたが、こくりとうなずいた。

「その後のことは思い出したくもないが……そうこうしているうちに強烈な魔法が何発も撃ち込まれ、傭兵団長……つまり族長は撤退を命じた。とにかく逃げろと。バラバラになって逃げれば、誰かは生き延びるだろうと。それで俺はたったひとり山の中を彷徨い、何十日も生き延びた。ようやく街にたどりついたが、金もなかったから物乞いもした。だが、傭兵団の誇りがあったからな……盗みは絶対にやらなかったし、理不尽な殺しもしなかった。一時は冒険者として金を稼いだこともあった。それから縁があってノストの武官として仕官できることになったんだ」

傭兵団の崩壊後は相当な苦労があったのだろう、レイリンは苦々しそうに顔をゆがめていた。

だがそこが過ぎると、お茶で口を湿らせてほっと息を吐く。

「……この国の武官になってから、俺は国外に出る仕事を積極的に引き受けて情報を集めた。するとな、ちりぢりになった月狼族の仲間たちの情報が耳に入るようになってきた。死んだ者もいたし、足や手を失って戦えなくなった者もいた。……ティエンには悪いが、みんな同じことを言っていた。襲撃のあったあの夜、シャオとツィリンはいなかったと」

「………」

　重苦しい沈黙が垂れ込める。

「俺からひとつ助言をしたい。シャオとツィリンは俺たちの間では『裏切り者』だ。だからな、ティエン。今後、月狼族を見かけても気安く話しかけるな。きっとお前はまた攻撃される――」

「イヤ」

「――なんだって？」

「そんなのイヤだから。お父さんとお母さんは、その晩に、本拠地にいなかっただけでしょ？　裏切ったかどうかなんてわからないのです」

「それは……まあ、そうかもしれないが」

「どうして、ほんとうに裏切ったかどうかもわからないあやふやなことのために、チィはやりたいことをやってはいけないの？　チィは後ろめたいことなんてなにもないからね。これからだって、月狼族を捜すし、見つけたら話しかけるのです」

「………」

　唖然としてレイリンはティエンを見ていた。

　だけれどニナも、エミリも、アストリッドも「やっぱりティエンねぇ」という顔をしていた。

「……なるほど。それがお前の強さか」

「なにを勝手に納得してるのですか」

「いや、いいさ。それを貫くのなら貫くがいい。俺からはひとついいものをやろう」

「いいもの？」

「ああ。お前を攻撃してしまったことへの詫びでもある」

レイリンは兵士を呼び出すと、筆と紙を持ってこさせた。

「覚えていないか、ティエン。族長のことを。誰よりも誇り高く、強かったあの人のことを。……族長は今、ヴィヌース王国にいる」

ノストの南方、悠河が区切る国境線となっているその向こうにある国だった。

かつて月狼族の傭兵団はこのヴィヌース王国を中心に活動していたという。ヴィヌース王国は悠河と、巨大な砂漠地帯である冥顎自治区に挟まれている。

「もう……戦えない身体にはなっているがな、まだまだ気持ちは元気だ。今はヴィヌース王国で要職に就いていらっしゃる。——ほれ、紹介状だ。これがあれば族長にスムーズに会うことができるだろう。族長の下には、月狼族に関する情報が多く集まってくる。それこそ、俺以上にな」

「あ……」

「俺は、お前に会うまではシャオとツィリンが裏切り者であることを疑っていなかった。だが、今はわからないと思っている。なぜなら、シャオとツィリンが裏切り者であるなら、裏切ったあとにお前に会いに行くだろう。なのにお前はほんとうに知らないようだ……お前には、危険がないと判断した。族長に会ってみるといい」

さらさらと書き上がった書状はなかなかの達筆だった。

「ありがとう――」

「――いや、やっぱ止めた」

ティエンに渡そうとして差し出された書状だったが、ティエンが手を伸ばすとひょいと引っ込められた。

「は？」

「メイドのニナさん。これはあなたに差し上げよう」

「え、わたし……ですか？」

「いただいたおにぎりの礼だ。いや、あのおにぎりと比べるにしてはあまりにも些細な礼となってしまうが……」

「ちょっ、ニナに余計なことをしないで欲しいのです！　それにおにぎりをあげたのはチィだから！」

「ニナさん、どうかまた俺におにぎりを作ってくれないかな。毎日でもいい」

「人の話を聞くのです！」

「あは、はは……」

ニナは書状を受け取りながらも、ティエンが、こんなにも感情をあらわにしているのを見てほっこりとするのだった。

同じ月狼族、同じ敵と戦ったからこそ、通じ合えるものがあったのかもしれない。

「この人……どさくさに紛れてニナを口説こうとしてない？」

「奇遇だね、エミリくん。私も同じことを考えていた」

ゴゴゴゴゴと魔力が渦巻くエミリと、どこから取り出したのか巨大なハンマーを持っているアストリッドが近づいてきて、

「あ、いや、冗談だ。さすがに冗談だから！　な!?　ちょっとした照れ隠しだ！」

レイリンは冷や汗をかきながらあわてて言うのだった。

「オッサンが照れ隠しとか、恥を知るのです」

ティエンのその一言が、いちばん突き刺さったらしい――レイリンは、しばらく動けなかった。


それから――。

ティエンとレイリン、それにエミリやアストリッドも死んだように眠り、お昼に起きるとまたいっぱいご飯を食べ、そうして前線基地を後にするのだった。

司令官を始め、多くの人々が見送りに来てくれた。レイリンは冬の悪魔の脅威が完全になくなるまで前線基地にいるという。ニナがおにぎりを渡したら飛び上がらんばかりに喜んだのは改めて言うまでもないだろう。

前線基地から中継基地に向かう途中、補給部隊とすれ違う。彼らは、親玉の討伐が終わっていることを知っているのか緊張が緩んでおり、笑顔も見られた。「お嬢さんたち、気をつけてな」なんて言葉も掛けてくれる。まさか、ここにいるティエンが親玉を討伐したふたりのうちのひとりだと

は思ってもいないだろう。

中継基地で1泊すると、翌朝早く基地を出て、お昼には街へと戻ることができた。

たった数日離れていただけなのに、4人にはやけに懐かしく感じられた。

「源流飯店」に戻ると部屋はまだ確保されていたけれど、嵐槐は「玉楼飯店」にいるという。「玉楼飯店」の営業が通常どおり始まったのでお客が散ってるのよと「源流飯店」の女将さんは言っていた。

「玉楼飯店」に着くと、ちょうど宿泊客がカウンターで手続きしているところだった。そこにいたのは福ではなく、嵐槐だった。嵐槐はたどたどしいながらもお客と料金のやりとりをしている。たった数日で文字の読み書きに、簡単な計算までできるようになったのかと、感慨深い顔をしているアストリッドに気づいた嵐槐は、

「あ～～～～！！！！」

と、とんでもない声を上げて飛び出してきたのだった。

エピローグ　別れがあるぶん素敵な出会いがあるのだと、わかっていても

「ほんとさ、福って面白いんだよ。だって親父さんとおふくろさんが唐辛子畑を独占してることだって知ってたんだって。だけど面と向かって指摘なんてしにくいだろ？　だから自分が大人になったときに、どうやったら3つの宿が……『共存』っていうの？　うまくやっていけるかずっと考えていたんだって。でもさ、ポッと出のオレからもろにそこを指摘されて、めっちゃムカついたんだって」

馬車に揺られ、南へ向かうと気温が少しずつ上がっていく。それでも朝晩は吐く息が白くなるくらいには寒いのだが、北の極限にいた「メイドさん」一行にとっては十分に暖かかった。

ちなみに言うと懐も温かい。前線基地の司令官が言ったとおり、街で十分な報奨金をもらったからだ。アストリッドの発明品の買取額も上乗せされているので、冒険者として難しい依頼をこなすのよりもはるかに多い金額になった。

嵐槐の話は続く。

「でも福が考える必要もなさそうだったな。『山麓飯店』も『源流飯店』もあれから『玉楼飯店』によく顔を出すようになってさ、主人は主人同士、女将さんは女将さん同士でおしゃべりしてんの

よ。でもさ、『山麓飯店』の店主、あれは見る目がねーな。だってオレのことずっと『坊主』って呼ぶんだよ。福は『黙ってたほうがいい。そっちのほうが面白いじゃん』って言うから黙ったままだったけど……」

アストリッドたちがいない間になにがあったのかを事細かに、細大漏らさずすべて教えたいとでも思っているかのように。

でも、「玉楼飯店」の娘の福について話すときだけはすこしだけしんみりした口調になった。街から出発するとき、福は大泣きして「嵐槐はずっとここにいて」とすがりついたのだ。もちろんそれはできないし、嵐槐もそれをわかっていたから今こうして馬車に揺られている。

「………………」

福のことを思い出したのか、

「……別れって悲しいな」

しばらく黙っていた嵐槐はぽつりと言った。

「そうだね。でも、別れがあるから出会いを大切にしたくなるんだよ」

「……アストリッドせんせーも、いっぱい別れがあったの？」

「あったよ。でも、ニナくんやエミリくん、ティエンくんに出会えた。別れがあるぶん、素敵な出会いがあるんだよ」

「そっか……」

嵐槐は、アストリッドたちが前線基地でなにをしてきたのか知りたがった。こちらは真実をすべて教える必要はないので、ある程度ぼかしながら、ティエンが同族と出会えたこと、親玉を討伐できたので安全に帰って来られたことを伝えた。冬の悪魔については嵐槐も知らないことばかりで興奮していた。

それから——嵐槐の村が近づいてくると、嵐槐の言葉も少なくなってきた。

それは彼女にとってのもうひとつの「別れ」があることを理解しているからだろう。エミリは嵐槐が「ついていく」と言い出すと考えていたのだが、そうはならなそうだ。嵐槐は、北の街での経験ですこしだけ大人になったのかもしれない。

悠河の巨大な流れが右手に見えてきた。いよいよ嵐槐の村が見えてきそうな頃合いだ。

「あん？　なんだありゃ」

嵐槐が御者台に立って、手をおでこにかざして遠くを見やった。

そこはまさに嵐槐の村だった。

ひなびた農村だ——小舟が何艘かあってフナを獲っている。名所なんてものはないけれど、大きな鐘だけが自慢という村。

そんな村に見慣れぬものがある。旗が、何本も立っている。

「あれって……中央府の国軍じゃないかな？」

アストリッドは旗印を覚えていた。真円女君を示す完璧な円と鳳凰の旗である。

「なんでこんなところに……」

「まさか、嵐槐が誘拐されたって通報されて、捜索しているとか？」

荷台からひょっこりエミリが顔を出して言うと、

「じょ、冗談でもそういうこと言わないでよ……心臓に悪いから」

アストリッドはぎょっとしたがさすがにそれはなかろうと思い直した。子どもひとり行方不明になったとて国軍が出るはずもない。

で、実際、そんなことはなかった。

馬車が村に到着すると、村の広場に、ひときわ大きな馬車があったからだ――ニナたちも見覚えのある黒い馬車だ。

「えっ、ミリアド様？」

ニナたちの馬車が停まると、黒い馬車からは「五賢人」のひとり、ミリアドが姿を現した。

「…………」

ミリアドはむっつりとした顔をしている。いつもの無愛想じゃん、とエミリは思うところだが、ニナは違う。

あ……これは怒っているぞ。

ミリアドが口を開いた。

「急使から話は聞いた。冬の悪魔の親玉……フロストジェネラルが討伐されたそうだな」

すでにその情報を聞いていたらしい。

なるほど、ノストという国にとって寒波の襲来は大変な出来事だから、重要ニュースとして知らされるのだろうなとニナが思っていると、

「討伐者はふたり。レイリンとティエンという名だという。それと、発明品の買い取りだかで予算申請が上がったそうだ。心当たりはあるか？　あるだろうな？」

「…………」

ニナたちは顔を見合わせた。

これは、もう隠し立てしてもしょうがないヤツだ。

「お前たち４人に話がある。ついてきなさい」

のっしのっしとミリアドは進んでいき、その後ろをメイド、魔導士、発明家、月狼族の４人がくっついていった。それを金象将軍が興味深そうに眺めていた。

「……あれ？　オレは？」

嵐槐はひとり残されたのだった。

宿の食堂で、ミリアドからはお小言をしっかりちょうだいしたのだけれど、めちゃくちゃ怒られたというわけではなかった。なぜかと言えば、目立ってしまったティエンは月狼族なのでレイリンの仲間と思われているらしい。それに、アストリッドの発明の価値はまだ広く知られていない上に、ノストでは発明品の価値が低い。そしてニナは食事を振る舞っただけで、司令官以上の富豪や高官にはバレていないのでセーフ。問題はエミリの派手な魔法だったが、「……私の弟子だからな」とミリアドが言い切ったのでなんとかなった。

冬の悪魔の危険性をミリアドのほうがよくわかっており、むしろそんな危険があれば真っ先に逃げるべきだということを言いたかったようだ。わざわざ出がけに「ティエン、なにがあってもニナを守れ」と念を押したのに、ティエンはニナを放ってフロストジェネラルを討伐しにいったのだからミリアドだって頭を抱えたくなる。

「話は以上だ。今日はここに泊まり、明日から幽々夜国を目指すぞ」

「よろしいのですか？　ミリアド様は中央府でのお仕事が……」

「冬の悪魔の『視察』のために私はここに来たことになっている。そっちが想定よりはるかに早く沈静化したからな、中央府だって私がしばらくいなくても問題はなかろう——とは言え、幽々夜国への入国は考えていないが」

「そうなのですか？」

「私にもいろいろな事情がある」

忙しいのだろう——とニナは察した。

そんな彼がここまで来てくれたのは身に余る光栄であることをニナも理解している。エミリはもちろん、アストリッドもミリアドが欲している才能なのだ。幽々夜国でなにが待ち受けているかはニナにもまだわからないが、それより先はまだ決まっていない。幽々夜国を出たら必ずノストを通る形になるので、そこでまたミリアドと話をすればいいかもしれないとニナは思った。

「ああ、そうそう。雪柳といったか？　少女どもがお前たちに会いたいからとついてきているぞ、後で余興で踊らせるといい」

「えっ」

「……なんだ、その驚いたような顔は」

「ミリアド様が、あの子たちを連れてくるとは思わず……失礼しました」

「どうでもよかったのだが、気づけばついてきていた。年頃の娘の行動力というのは恐ろしいものだな」

お前たちを見ていれば当然と言えば当然か……とミリアドはぼやきつつ一瞬遠い目をした。

「私は金象将軍に目的地変更の話をしてくる」

そう言いながらミリアドが立ち上がると、

「――お話はもう終わりましたか？」

すすすと宿の主人がやってきた。

「ああ。何用だ？」

「いえいえ、用事があるのはあちらのお嬢さんたちでして……」

「そうか……まあ、よい」

ミリアドが離れていくと、

「――お嬢さん！　よくぞ戻ってきたねえ！　フナの干物をいろいろ作ってみたんだよ、ぜひ味見してってくれ！　あとそっちのお嬢さんは、あの発明漁具ですごい獲れるって漁師どもが騒いでるんでちょっと顔出してもらえると助かるよ～！」

「…………」

去ろうとしていたミリアドがぴたりと足を止めた。

「……今の話は、なんだね？」

振り返ったミリアドを見て、彼の表情を読むのに長けているニナでないティエンやアストリッド、エミリまでもわかった。

あ、これは怒っているぞ——と。


「……あんだよ、ニナねえちゃんたち出てこねえな」

ニナたちの馬車の馬を世話していた嵐槐は、宿のほうをちらちら見ていた。兵士たちがいるせいか村の人たちは家から出てこないので、嵐槐に話しかけてくる者もいない。

「お前ともお別れか……」

嵐槐が馬の首筋をなでてやるとブルルルと返事をした。

馬の世話も嵐槐は進んでこなした。御者台で手綱を握ったこともあった。

「別れってのは、人だけじゃないんだな……」

馬に対してもそう思っていると、馬は嵐槐に顔を近づけるとぺろりと頬を舐めた。

「あはっ、あははは、止せよ。くすぐったいだろ～」

じゃれていたところへ誰かが近づいてきた。

「——もしやこちらの馬車は、エミリお姉様のいらっしゃったものではありませんか？　あなたはこの村の子ですか?」

鈴を転がしたような美しい声に振り返ると、そこには——嵐槐が見たこともないような美しい衣で着飾った少女がいた。化粧をしているので年上に見えたが、嵐槐は、なぜだか自分と同い年のように感じた。

「あ、ああ……そうだけど。エミリねえちゃんのことを知ってるのか?」

「はい。わたくしは真円女君の候補者にして、偉大なるエミリお姉様をお慕い申し上げる者です。そんなわたくしの前で……エミリお姉様のことを、気軽に呼ぶような無礼は許されませんわよ?」

「!」

嵐槐が驚いたのは、この少女が発した怒りに対してではなかった。

「あ……あ……」

「……まあ、いいでしょう。エミリお姉様がいらっしゃることがわかってわたくしは気分が良いので。では失礼しますわ」

なにも言えないでいる嵐槐を置いて、少女は去っていった。

「な、な、な……何者だ、アイツ……」

少女が去ってからしばらくして、ようやく嵐槐は声が出た。

「……やべえぞ、エミリねえちゃんのこと、知ってるみたいだったし……」

嵐槐には特別な力がある。

相手の、チャクラの色がわかるのだ。

さっきの少女のチャクラの色は――。

「み、見たこともない色だった……」

完全なる一色。

「あんなに真っ黒なのは……!!」

濁っているとか、そういう次元ではない。これほどの黒を、嵐槐は見たことがなかった。

嵐槐と、ニナたちの別れの前に訪れた、出会い。

これが嵐槐と雪柳の出会いだった。

「あ……。アストリッドせんせー!?」

出てきたアストリッドたちは旅姿のままだった。

「――嵐槐くん、もう出発することになった」

「え!?」

1泊する予定だったが、ミリアドが「これ以上の長居は無用である」と強引に決めたのである。

「あ、あの、アストリッドせんせー、さっきいた女が――じゃなくて！　オ、オレはさ、せんせーにいっぱい教えてもらって、それで……！」

「勉強することを止めなければきっと君は大物になれる」

アストリッドはそう言って、馬車に乗りこんだ。

「わかった。わかったよ！　オレ、がんばるから！」

「ああ。元気で。生きてさえいればきっと私たちはまた会えるから――」

「――アストリッド、もうミリアド様の馬車が動いてる。ごめんね、嵐槐。こんなバタバタのお別れになっちゃって」

「エミリねえちゃん！　いろいろありがとう！」

「ううん。なんにもしてないわよ。あんたはすごくがんばってた。それは、あたしも、みんなもちゃんと見てたから……ごめんね、北の街にひとりぼっちでおいて行っちゃって――」

馬車が動き出す。

嵐槐はそれにあわせて走り出す。

「いいんだ、オレ、自分が全然ダメだってわかった！」

「嵐槐さん！　お元気で！」

「ニナねえちゃん！」

「嵐槐。またいっしょにご飯食べよう」

「ティエンねえちゃんも！　――うん、腹空かせて待ってってから！」

アストリッドが笑う声が聞こえた――そこは私たちにおごれるくらいになっていてくれよ――と言って。

黒い馬車と、ニナたちの馬車が去っていく。

そして100騎の騎馬と、少女たちを乗せた馬車もそれについていく。

「――あの女は……ついていけるんだ」

嵐槐は雪柳のことを思い出す。

ノストの国民は、生まれた場所と、中央府のいずれかでしか定住することができない。だから自分がついていくと駄々をこねたらきっとアストリッドたちを困らせることになるのは間違いないとわかっていた。

だが雪柳を含むあの少女たちはずいぶんと自由に行動している――。

それは雪柳が、真円女君の候補者だからなのだろうか？

雪柳がついていけたのは単にミリアドがいたから、特例で許されているだけ。真円女君の候補者になれば誰でも自由に振る舞えるわけではないのだが――それでも嵐槐を動かすには十分だった。

「オレ、がんばるから……」

去っていった道の向こうに砂埃が立っている。

「アストリッドせんせーは、おごれるようになれって言った……そうだよな。そのために必要な知識を、いっぱい教えてもらった」

嵐槐はその場に立ち尽くしていた。もうもうと上がる砂埃が収まっても、ずっと。

そうしている間に、教えてもらったひとつひとつを思い出し、記憶に刻んでいたのだ。

アストリッドから教わった知識だけじゃない。

エミリが見せた戦闘での振る舞いも。

ニナに作ってもらったご飯も。

ティエンと眠りこけた馬車でのお昼寝も。

それに、福とケンカし、それから仲直りした時間も。

この短い旅で得たすべてを記憶に刻んだ。

きっと忘れることはないだろう。

「……待ってるだけじゃ手に入らない。オレ、自分からせんせーに会いに行けるようになってみせるから」

なにも持たなかった嵐槐は、ただ男のフリをして吠え散らすことしかできなかった。

そんな嵐槐に手を差し伸べ、それだけでなく多くの知識を与えてくれた。

なにも持たない嵐槐に、この村の、いや、この国を見渡しても知る人がいるのかあやしいほどに貴重な知識をいっぱい与えてくれたことを、嵐槐は身にしみてわかっている。

アストリッドは理想だ。エミリは憧れだ。ティエンは愛すべき先輩だ。ニナは——自分にはもういない、母だ。

みんなに会えるようになるには雪柳のようになるしかない。

「オレ、真円女君になるよ」

それはとてつもない思考の飛躍だった。だけれど雪柳のようになる、つまり候補者になるということはすなわち、本気で真円女君を目指さなければならないということを嵐槐は本能的に理解していた。

彼女はこの村でも浮いている存在だったので、彼女の間違いを正す者はいなかった。

そして誰も——他ならぬ「先生」であるアストリッドですらもわからなかったことには、嵐槐は、本人の努力と、その後の幸運も手伝って、真円女君の候補者に選抜されるのだった。

長い長い石畳の街道を馬車に乗せられて向かった中央府で、嵐槐は雪柳と再会する。向こうは嵐槐のことなんて覚えていなかったが、嵐槐ははっきりと雪柳のことを覚えていた。忘れようがなかった。彼女ほどの黒いチャクラを持つ者は他にいなかったのだ。

嵐槐と雪柳のふたりが次期真円女君の候補者選定において、台風の目になることを知る者はまだ、誰もいなかった。

ただ今この場所で嵐槐は、立ち尽くしていた。

彼女は他人のチャクラの色を見ることができる。ただ、己のチャクラの色だけは見ることができなかった。

もしそれができたのなら——彼女は驚いたかもしれない。

煌めくように美しく、濁りひとつない、虹色のチャクラが彼女から立ち上っていたのだから。

◠ ◎ ✿ 🐾

それからの旅は順調極まりなかった。

金象将軍の護衛がついているという効果はすさまじく、山賊の襲撃なんてものがないのはもちろん、街での歓待もほどほどになり、ミリアドは静けさが保たれて満足していた。ミリアドは北部の前線基地でなにがあったのかを細かく知りたがり、その一方でエミリには魔法の手ほどきをし、アストリッドとは彼女の発明品について議論を深めた。

アストリッドは御者台で無言になる時間が長かったけれど、それは嵐槐との慌ただしい別れが、彼女にとっても不本意だったということなのだろう。エミリもそれをからかったりはしなかった。というより、エミリも、嵐槐がいなくなって寂しかったのだ。

悠河を渡るときには大船を借りることになり、そのタイミングで真円女君候補の少女たちとはお別れになった。少女たちは悲しそうにしていたが、いくらミリアドがいると言っても中央府からこれ以上離れることは許されなかった。彼女たちからすると、これから始まる候補者選定の大変さを前に、ちょっとした気晴らしのイベントだったのかもしれない。

悠河を渡ると気候がまた変わったのをニナは感じた。東や北は乾燥した土地ばかりだったが、西はしっとりとしている。そしてヒト種族が半分ほどになり、獣人の割合が増える。月狼族ほどはっきりと身体能力が上がるわけではないけれど、獣人は一般的にヒト種族よりも力が強いと言われている。ネコミミやイヌミミはもちろん、クチバシを持っている鳥人種もいた。ノストは、政治こそ鎖国のような状態になっているが、人種については多様性を認めている。

西5州に、広大な森林地帯があった。その内部に幽々夜国がある。森の入口に関所があって多くのノスト兵が詰めていた。

「ミリアド様、これ以上は……」

金象将軍が馬車にいるミリアドに話しかけると、

「そうだな」

すんなりとうなずいてミリアドは馬車から降りた。

ニナは師匠であるヴァシリアーチから受け取っていた紹介状を取り出した。それを関所の兵士に見せると、

「これは、正式な幽々夜国の入国証ですね」

と言う。

「では中に入っても？」

「もちろんです。幽々夜国内部でも必要になるので、なくさないようにしてくださいね」

丁寧に教えてくれる兵士に頭をさげると、ニナはミリアドに別れを告げるため戻ろうとして、

「あ、ちょっと、メイドさん」

兵士に呼び止められた。

「幽々夜国になにがあるか……当然ご存じなんですよね？」

「なにがあるかですか？　どういった主旨のご質問でしょうか……？」

「ああ、いやいや、私が知りたくて興味本位で聞いただけなのです」

そして兵士はニナに告げたのだった。

つい先日も、数十人というメイドが国境を通っていったのだと。

「数十人のメイド……!?」

ひとりのメイド、ではないということは師匠のヴァシリアーチを指しているのではない。ニナの知る範囲で、ヴァシリアーチが複数のメイドを連れて行動しているのを見たことがないからだ。ニナのいたユピテル帝国の首都サンダーガードに現れたときも単独だった。

ということは、ヴァシリアーチが呼んだ以外に、呼ばれているメイドがいる？　ニナは自分の姉弟子や妹弟子がいるというのを想像してみたが、うまくいかなかった。

「……いったい、どういうことなのでしょうか」

幽々夜国でなにが待ち受けているのか。

ヴァシリアーチというスーパーメイドがニナの手を借りたいと思うほどの状況とはいったいなんなのか。

それに数十人のメイドとは——。

まったく見当もつかず、ニナは視線を上へとやった。

そこには、もう冬だというのに色濃い緑を湛えた大森林が広がっているのだった。

いよいよこの先は幽々夜国だ。

あとがき

臘酒《ろうしゅ》とは濁り酒のことで、中国では12月を「臘月」と言い、この月に仕込んだお酒を意味しています。本作中に出てくる詩の元ネタは南宋時代の詩人である陸游による『遊山西村』という漢詩だったりします。

山が幾重にも重なり、その合間を川が流れている。茂る柳が足元を暗くし、明るく咲く花を道しるべに歩いていくとひっそりと村がある。そこから聞こえる笛や鼓の音から、村が春祭りの準備をしていることがわかる……。

ひっそりとした山村で素朴ながらも心温まるもてなしを受ける。そんな情感豊かな漢詩です。もしご興味ある方は調べてみてくださいね。本作中では漢詩のテクニックである韻や言葉選びなどは省いて、本筋に合うように調整してあります。まあ、そもそも、ノストは中国ではないので漢詩なんてものはないのです！

さて、ノスト編を書くにあたっていろいろな中華料理店に行きました（ノストは中国ではないのです！）。探してみると「ガチの中国料理」を出す店は存外少なく、担当編集氏を連れていったり、宅配アプリを利用したりといろいろ挑戦してみました。「ガチの中国料理」を出せないのは中国で使われている調味料を手に入れるのが難しいのだろうなぁと思いつつ（もちろん輸送のために原価も上がってしまう）、日本人の口には合わないものも多いんだろうなぁとも思いました。酸菜魚を宅配したら辛すぎて食べきれず、4回の食事に分けなければならないほどでしたからね……。

思えば大学の卒業旅行で中国に行ったのでした。当時は井上靖先生の『敦煌』を読み終えたばかりで、同時期に読んでいた友人とともに勢いだけで行き先を決めて、ふたりで突撃しました。今でも思い返すとマズ……口に合わなかった料理があまりに多くて驚きましたね。巨大な青いゼリーみたいなものの中にニンニクが大量に浮いてるヤツとかいまだに覚えています。なんだったんだアレは。

でも、初体験ながら美味しかったものも多かった。大量の香辛料で肉が見えなくなっているラムの串とか（1本6円だった！）、パクチーとラム肉たっぷりの米麺とか、巨大などんぶりにたっぷり入った水餃子とか……あとはやっぱり、おかゆと揚げパン。前日にどれだけ辛いものを食べても、お酒を飲んでも、すべてを癒してくれる朝食がおかゆでした。そこに揚げパンがつけば言うことはなし。

今巻は、食事に寄ったエピソードが多めでしたがいかがでしたでしょうか？　ニナの料理の幅もめっちゃ広がったんじゃないかなぁ。ちなみに私は昔ながらの中華そばやチャーハンも大好きです。ああ、お腹が空いてきた……原稿も上がったことだし、餃子とビールで乾杯しましょっか！

小説投稿サイト
小説家になろう
第6回
アース・スターノベル大賞
Earth Star Novel Awards 6th 2024
©Suzunosuke
※小説家になろうは、株式会社ヒナプロジェクトの登録商標です。
※第6回アース・スターノベル大賞はアース・スターノベル、アース・スタールナと小説家になろうの合同企画です。
詳細はこちらから▶

大賞

賞金200万円

+2巻以上の刊行確約、コミカライズ確約

「小説家になろう」に投稿した作品に「ESN大賞6」を付ければ応募できます!

応募期間

[2024年]

1月9日〜5月6日

佳作 50万円 +2巻以上の刊行確約

入選 30万円 +書籍化確約

奨励賞 10万円 +書籍化確約

コミカライズ賞 10万円 +コミカライズ

EARTH STAR NOVEL

メイドなら当然です。V
濡れ衣を着せられた万能メイドさんは旅に出ることにしました

発行 ―――― 2024年4月17日　初版第1刷発行

著者 ―――― 三上康明

イラストレーター ―――― キンタ

装丁デザイン ―――― 村田慧太朗（VOLARE inc.）

発行者 ―――― 幕内和博

編集 ―――― 今井辰実

発行所 ―――― 株式会社アース・スター エンターテイメント
〒141-0021　東京都品川区上大崎 3-1-1
目黒セントラルスクエア　7F
TEL：03-5561-7630
FAX：03-5561-7632

印刷・製本 ―――― 図書印刷株式会社

ISBN 978-4-8030-1939-1